珈琲店タレーランの事件簿 4
ブレイクは五種類のフレーバーで

岡崎琢磨

宝島社
文庫

宝島社

珈琲店タレーランの事件簿4
ブレイクは五種類のフレーバーで

やはらかに誰が喫《の》みさしし珈琲《コオヒイ》ぞ紫の吐息ゆるくのぼれる

――北原白秋

珈琲店タレーランの事件簿4
ブレイクは五種類のフレーバーで

目次

午後三時までの
退屈な風景

「アオヤマさんは……」

ふいに切間美星《きりまみほし》バリスタの声が途切れたので、僕は顔を上げた。

「アオヤマさんはその、常連客でいらっしゃいますから、あらためて説明するまでもありませんが……ご覧のとおり、うちは小さな喫茶店です。たった二人でもじゅうぶん営業していけるような」

「二人と一匹、では？」

「猫は人手に数えませんよ。猫の手も借りたい、と思うことはありますが」

美星バリスタが微笑《ほほえ》んだので、僕は安心して正面に視線を戻した。僕のほうはすっかり満たされつつあるのに、彼女が不機嫌だというのは困る。そう思ったのはしかし、杞憂《きゆう》に過ぎなかったようだ。

彼女はいま、今日この喫茶店で起きた出来事の解説を試みている。僕自身も目撃した風景が、彼女の言葉によって詳しく、理解をともなって再現されていく。

夢を見るような心地よさのなかで、つられるように僕の意識は時間をさかのぼり始めた。発端はおよそ一時間前――。

＊＊＊＊＊

午後二時。

京都の一画を占める純喫茶タレーランには、いつもと変わらぬ退屈な時間が流れていた。

僕はもう三〇分以上もこうして、カウンターに並ぶ椅子の上で背中を丸めている。この店のバリスタ――コーヒーを淹《い》れる専門家のこと――を務める切間美星は、先ほどから泡を飛ばしつつ食器を洗ったり、エスプレッソマシンの手入れをしたりといった仕事にかかりきりで、ちっとも僕の相手をしてくれない。注文された飲み物の用意はむろん、接客から掃除に至るまで、喫茶店の営業に必要な実務の大半を彼女が担っているので、忙しいのは仕方のないことだと思う。

フロアの隅に目を向けると、美星バリスタの大叔父にあたる藻《も》川又次《かわまたじ》老人が、幸せそうに居眠りをしている。彼がこっくりこっくり船を漕《こ》ぐたび、腰の下で椅子がギシギシといびきのような音を立てる。彼はこの店のオーナーであり、一応は調理も担当しているが、基本的にはいかに手を抜いて仕事に取り組むかということにばかり情熱を傾けている人なので、居眠りくらいでは美星バリスタもいちいちとがめない。僕が初めてタレーランへやって来た日から、早いもので半年はゆうに過ぎたけど、その間にも老人のサボりぐせは日に日にひどくなっているような気がする。

店内には二組の客がいた。平日の昼下がりならこんなもんだろう。僕に見覚えがないくらいだから、いずれも一見《いちげん》さんに違いない。時にはそういう人たちとコミュニケーションをとって暇をつぶすこともあるが、今日はあいにくそんな気分にもなれない。扉の隙間《すきま》から忍び込む四月の陽気は気だるさを誘発して、僕は柱時計を見ながらひとつ、大きなあくびをした。

——あと一時間も、こんな退屈が続くなんて。

ぐっと伸びをするついでに、僕は椅子の上で体を一八〇度回転させた。正面に現れた大きな窓とのあいだには、四人掛けのテーブル席が二つ、どちらも二人組の客で占められている。

向かって左、店の入り口に近いほうのテーブル席にいるのは親子だろう。母親はまだ若いが落ち着いた雰囲気で、右肩のあたりでひとつに束ねた髪や丈の長いスカートといった装いに上品さがにじみ出ている。幼い息子はたどたどしくも人の言葉をしゃべり、母親の隣ではなく向かいに座るさまは、《もう赤ん坊じゃないんだぞ》と強がっているようで微笑ましい。お行儀よく背筋を伸ばし、ストローをしっかり握ってジュースを飲んでいる。

その子と背中合わせの状態で、右側のテーブル席に座っているのは、おじさんともお兄さんとも呼べそうな年格好の男性だ。何となくお金持ちっぽい感じのするスーツや腕時計を身につけているけれど、それが嫌みでないのは丸みを帯びた顔に人のよさそうな印象を受けるからだろうか。同伴者を気遣うせわしない仕草や、自分だけ注文したナポリタンを驚異的な速さで食べてしまうところもどこかユーモラスだ。

彼とテーブルをはさんで向かい合う女性は、対照的にみすぼらしい身なりをしていた。この季節には涼しかろうに、裸足に色のはげたサンダルを履いて、ぺらぺらのワンピースには装飾もポケットもない。ほんの申し訳程度の化粧をし、長い黒髪もぱさついている。恋人なのだろうか、だいぶ歳上に見える男性の空回り気味の会話にも口をはさまずに聞き入るさまは、もの静かというより卑屈と表したほうがしっくりくる。

左に母子、右にカップル。さいわい二組とも僕の視線を気にする風でもない。もちろん僕も彼らに格別の興味を抱いたわけではなかったが、ただじっと座っているよりはまだ、いくらか退屈もまぎれるだろう。

僕はしばしこのまま、彼らの観察を続けてみることにした。


午後二時一〇分。

「……あれ、バッグに穴が」

右のテーブルにて、ほとんど独り言のように、女性がつぶやいた。

「えっ、どこ。ユミちゃん、ちょっと見せて」

すぐに男性が心配する素振りを示し、ユミと呼ばれた女性は彼にショルダーバッグを渡す。サイズの小さなそれを男性が開け、携帯電話とハンドタオルを取り出すと、中はもう空っぽになった。バッグは見るからに粗末な造りで、ガーゼのような生地は薄く、いままで破れなかったことのほうが不思議だ。外にはポケットのひとつもなく、裏返しても内側に仕切りすらなかった。これでは穴が開いたら使い物になるまい。

「あ、ほんとだ」マーカーくらいの太さの穴に、同じくらい太い人差し指を突っ込みながら男性は言う。「そうだ。ぼくが新しいバッグを買ってあげるよ」

「そんな、悪いです、カズオさん」

もの憂げに手を振りながら、ユミは言う。息が多く混じった弱々しい声だ。

「いいんだよ。遠慮しないで」

「でも、いつもいろいろ買ってもらってばかりで」

「ぼくにしてあげられるのは、そんなことくらいしかないから。ユミちゃんがちょっとでも幸せになってくれるのなら、それがぼくの幸せなんだよ」

聞いているだけでうすら寒くなるような台詞も、カズオにとっては大真面目と見え、バッグを返すときに浮かべた笑みは誇らしげである。僕はふと、薄着の彼女がますます寒い思いをしていなければいいが、と考えた。

「今日でぼくたち、出会ってちょうど一年だろう。今夜は盛大にお祝いといこう。夜景のきれいなレストランを予約したんだ」

京都は条例で建物の高さが制限されているから、真にきれいな夜景が見たければ比《ひ》叡山《えいざん》か大文字山《だいもんじやま》にでも登るしかない、という話を聞いたことがある。それは極端な物言いで、実際にはレストランからでもじゅうぶんきれいに見えるのかもしれないが、いずれにしても僕はそんな夜景を見たことがなかった。

出会ってちょうど一年、か。交際して一年、と言わないところに二人の微妙な関係性が垣間見える気がするのは、ごく身近でよく似た例に思い当たるからだろうか――僕は美星バリスタを盗み見たが、彼女は反応することもなく何かの作業を継続していた。彼女のことはさておき、どうもちぐはぐな感じのするカップルである。

「それは楽しみ。ありがとうございます」けれどもユミは、うれしそうに笑うのだった。「陽が暮れるまではどうしましょうか」

「今日はこれから、京都駅の劇場でミュージカルを観ようと思ってたんだ。半年も前から楽しみにしてた演目でね、チケットならここに……あっ！」

カズオはチケットを取り出そうとして口の空いたセカンドバッグをひっくり返し、中身を派手にぶちまけてしまった。床に長財布やチケットなどが散乱したばかりか、ユミの足元まで転がっていったものもある。缶詰くらいのサイズの小箱で、ビロードに包まれているが中身が何なのかまではわからなかった。

「大丈夫ですか」

騒ぎに気づいて、美星バリスタがカウンターから出てこようとした。

「いえ、すみません、大丈夫ですから」

カズオはあたふたとバリスタを制止し、荷物を拾い集めようとする。ユミが拾い上げたものを除く大半をひとりで回収するまでに、一〇回近くも《すみません》と連呼していた。それからいったんは椅子に座ったが、ユミの憐《あわ》れむような視線にいたたまれなくなったのか、モゴモゴ言いながら再び席を立ってトイレに入ってしまった。

カズオが戻ってくるまで、こちらのテーブルに動きはないだろう。僕は観察対象を隣のテーブルへ移す。


午後二時二〇分。

「マーくん、おいしい？」

左のテーブル。ジュースを飲んで《ぱー》と息を吐いた息子に、母親がにこやかに問いかけた。

「うん、おいしい。ママは？」

息子はいじらしく、母親に同じ質問を返す。母親はコーヒーの入ったカップを軽く揺すって答えた。

「ママのもおいしいよ」

「それ、何?」

「これはね、コーヒー。大人の飲み物」

「こーひー」《ひ》が《し》に聞こえる舌足らずな発音で、マーくんは母親の言葉を繰り返した。「どんな味がするの」

「一口飲んでみる?」

母親はいたずらっぽく笑い、席を立ってテーブルの反対側へ回った。息子をひょいと抱えると、空いた椅子に座ってひざの上に息子を下ろす。そしてコーヒーの入ったカップを手前に引き寄せながら、息子の顔をのぞき込んで言った。

「お砂糖入れてあげようね」

「うん」

マーくんは力強くうなずくも、その顔はこわばって見える。未知の飲み物を前に緊張しているようだ。赤ん坊じゃないところを示したくてコーヒーを飲んでみることにしたのかもしれないが、母親に抱かれた姿といい、砂糖を足してもらっているところといい、完全に裏目に出てしまった形だ。

テーブルに備えつけのシュガーポットは、付属のスプーンで一〇杯もすくえば中身が空になってしまうくらいの大きさである。陶製で、真っ白な表面を等間隔の溝が数本、さらりと斜めに流れている。母親はその蓋を開け、中に差してある小さなスプーンで砂糖を山盛りにすくってコーヒーに入れた。それからカップの載ったソーサーに添えられたスプーンに持ち替え、カップの中身をかき混ぜると、一杯すくって息子の口に含ませる。マーくんはそのときこそ進んでコーヒーを飲んだが、直後には顔をしかめて黙り込んでしまった。

「…………」

「どうだった、マーくん。おいしかった？」

「……うん、おいしいけど、ぼくはもう少し甘いほうが好きかな」

まさか、ここで強がるとは！　たしかに彼はもう、ただの赤ん坊ではない。

「それじゃ、もっとお砂糖入れてあげようね」

ここは素直に、《苦いからもういらない》と答えておくべきではなかったか。ことによるとそんな後悔の念が、マーくんの頭をよぎったかもしれない。けれどもそうした経験がきっと、子供を強くするに違いない。

母親は再び砂糖を山盛りに、しかも今度は二杯も入れている。一方マーくんもしたたかで、そのすきにジュースでちゃっかり口直しをしている。果たして迎え撃つことができるのか、それとも彼を知り尽くす母親にもてあそばれてしまうのか。

そんな母子の駆け引きに夢中になっていると、カズオがトイレから戻ってきた。

「ミュージカルの開演の時間が近づいてきたね。そろそろ行こうか」

触り心地のよさそうなハンカチで手を拭きながら言う。先ほどの粗相はなかったことにしたいらしいが、一言も触れないのがかえって不自然に感じられた。

ユミが仕度をするあいだに、カズオはレジに美星バリスタを呼んで会計を済ませた。そのまま二人、手をつなぐにはやや遠い距離を保ちつつ店を出ていく。見ていて飽きないカップルだったので、これから僕の退屈はいちだんと増すだろう。


午後二時三〇分。

二度目の試飲でも、マーくんはコーヒーが口に合わないことを認めなかった。母親はこの状況をすっかり楽しんでいて、もはや溶けきれる量でもあるまいにさらに砂糖を追加しようとする。が、シュガーポットの中身が底をついてしまったようで、スプーンの当たるカチャカチャという音がした。

「お砂糖、なくなっちゃったね」マーくんの声は心なしかうれしそうである。

「そうねぇ」

ところが、母親はきょろきょろと首を回すと、上半身をねじって無断で隣のテーブルのシュガーポットと交換してしまった。眠りこけている藻川老人はもとより、美星バリスタもそれに気づいた様子はない。僕が何か合図でもしたほうがいいのか、余計なお世話だろうか……などと考えていた、そのとき。

「あらあら！　何してるの」

母親がいきなり甲高い声を上げた。見るとマーくんの指にはびっしり砂糖がついている。どうやら交換したばかりのシュガーポットの中に手を突っ込んでしまったらしい。母親の暴走を阻止するために、とうとう最終手段に出たようだ。

すぐに美星バリスタが異変を察知し、テーブルへと駆け寄った。

「大丈夫ですか。おしぼりお持ちしますね」

「どうもすみません。ほら、ごめんなさいは」

先ほどまでのひねた様子はどこへやら、マーくんは泣き出しそうな顔で固まっている。

「お気になさらないでください。小さい子のしたことですから」

バリスタは苦笑しつつ、シュガーポットを手に取った。すると母親が、それを見つめながら何気ない調子で訊《たず》ねた。

「その砂糖、捨てるんですか」

「え、まぁ、そうですね」

何とも答えにくそうだ。子供が手を突っ込んだ砂糖をそのまま使い続けるわけにはいかないが、だからと言って親に向かって《汚いから》とも言えない。

店の奥へ向かいかけた足を止め、美星バリスタは困惑している。母親はしばし何事かを思案し、やがて思いきったように告げた。

「捨てるんだったら、もったいないから私にくれませんか」

これにには僕も面食らった。なんて図々しいんだ、と愕然《がくぜん》とした。

「いえ、そういうわけには……」

いつでも客に対して慇懃《いんぎん》さを忘れない美星バリスタも、さすがに不快感を隠しきれていない。そんなことを認めていては、次回から砂糖欲しさにわざと子供の手を突っ込まないとも限らない。細かいことに気が回る美星バリスタならきっと、そのくらいは考えたはずだ。

同じことが母親自身の頭にも浮かんだのか、彼女は追加で次のように申し出た。

「弁償しますから。それならいいでしょう？　悪気があったわけではないんです」

続く一瞬、美星バリスタは無表情になった。かと思うといつもの、いやいつにもましてさわやかな笑みを浮かべて言う。

「わかりました。では、移し替える袋をお持ちしますね。少々お待ちください」

これまた急な方針転換である。これ以上、厄介な客に関わりたくないという気持ちはわかる。が、そんなことでこの店は大丈夫なのだろうか、と僕は少し心配になった。

すぐに奥の控え室へ引っ込むのかと思ったが、美星バリスタは途中でフロアの隅へ歩み寄り、ついに居眠りをしていた藻川老人を叩き起こした。それから何事かを耳打ちすると、藻川老人はよしきたとばかりに立ち上がり、寝起きとは思えない機敏な動きでタレーランを飛び出していってしまった。

バリスタは控え室へ消え、フロアには母子と僕だけが残される。

午後二時四〇分。

フロアに戻ってきた美星バリスタの手には、透明のポリ袋とじょうごがあった。それを見て、母親は顔を曇らせる。

「あの、袋だけでいいですよ。私、自分でやりますから」

実際、ポリ袋はシュガーポットが丸ごと入る大きさだったから、袋の内側でシュガーポットをひっくり返せばそれで済むはずだ。

ところが美星バリスタは、どちらも渡そうとしない。

「いえいえ。こぼしてしまってはいけませんので」

言うが早いか、じょうごの先端を袋に突っ込むと、その上でシュガーポットを一気にひっくり返した。窓から射し込む陽の光にプラスチックのじょうごが照らされ、陰になって見える砂糖が袋へと落ちていくさまは、オブジェと実用を兼ねてこの店に置いてある砂時計とよく似ている。

小ぶりのシュガーポットから砂糖が落ちきるまでは五秒とかからない。その、中身が空っぽになろうかというときだった。

「ちょっと！」

美星バリスタが悲鳴を上げた。母親が腕を伸ばし、じょうごごと袋を奪おうとしたのだ。

ふいを突かれればひとたまりもなかったに違いない。ところがバリスタは動揺こそしたものの、じょうごを握る指に力を込めていたと見え、母親の思うままにはさせなかった。揉《も》み合いになった二人を、マーくんはぽかんとして見上げ、僕はハラハラしつつ見守ることしかできない。

決着は、どちらの勝利とも言いがたかった。

母親が大きく反動をつけてバリスタを突き飛ばしたことで、じょうごと袋が二人の手を離れ、床を砂糖まみれにしてしまったのだ。

そして、そのとき床に落ちて硬い音を立てたのは、プラスチック製のじょうごだけではなかった。

「あっ――」

母親は叫び、テーブルのそばに素早く屈《かが》み込んだ。バリスタに背を向け、床から拾い上げたものを胸元に当てている。

「あきらめてください。そんなことをしても無駄です」

しかし、美星バリスタは冷静だった。母親のすぐ後ろに立ち、はたで聞いていてもぞくっとするほど鋭い声を、彼女の頭上に降らせたのだ。

「あなたのしようとしていることは犯罪ですよ」

観念したのか、母親は虚《うつ》ろな目をして、閉じていた手をゆっくり開く。

そのときカランと鐘の音がして、タレーランの扉が開いた。

「すみません……あっ、それ」

やってきたのは、一五分ほど前に店を出ていったばかりの女性、ユミだった。ひどく驚いた様子で、母親の手のひらに載るものを指差している。隣にカズオの姿はなく、ひとりで戻ってきたようだ。

母親は顔を上げ、ユミの姿を視界にとらえた。と、それまで幻を見るようだった目に力がこもり、恐ろしい形相へと変わる。

「返すわよ。返せばいいんでしょう、こんなもの！」

立ち上がると同時にわめいて、母親は持っていたものをユミに投げつけた。そしてマーくんの手を引き、地団駄を踏むようにしてお代も払わずに店を出ていってしまった。突然の事態に対処できるわけもなく、ユミは呆然《ぼうぜん》と立ち尽くしている。

美星バリスタは腰を落とし、母親に投げられて床に転がっているものを拾った。先ほど母親がそうしたように、手のひらに載せてじっと見つめている。

それは、ダイヤモンドの指輪だった。

「ありがとうございます」

ユミは深々と頭を下げ、か細い声で礼を述べた。

「彼が、わたしにくれるはずだった指輪をなくしたと言って取り乱していたので、戻ってみたんです。もしかしたら、バッグをひっくり返したときに飛んでいってしまったんじゃないかって。でも、見つかってよかった」

「ええ。持ち逃げされなくて本当によかったと思います」

美星バリスタは微笑み、こっくりとうなずく。

ユミもにこりとしてこれに応じ、バリスタの持つ指輪へと手を伸ばした。

「……え？」

直後、ユミがつぶやくまでの光景が、僕にはスローモーションに見えた。

ゆっくり指輪に近づいて、いまにも触れようとしていたユミの尖《とが》った指先を、バリスタがさっと手を引いてかわしたのだ。

「何するんですか。早く返してください」

ユミは眉根《まゆね》を寄せて言う。当然の反応だろう。さっきまでぼんやりしていた声も、こわばったことでかえってよく通るようになっている。

「できません。私がこの指輪をお返しする相手は、あなたじゃない」

指輪を後ろ手に回した美星バリスタからは、笑顔が消えていた。

「どうしてよ。言ったでしょう、その指輪はわたしが受け取るはずだったものだって」

ユミの態度にはしだいに苛立《いらだ》ちが混じり始める。けれども美星バリスタは臆《おく》せず、毅然《きぜん》として言い放った。

「だと思います。でもあなたは初めから、受け取るつもりなどなかったのでしょう」

返す言葉が見当たらないらしいユミの背後で、再び鐘の音が鳴る。

「――ユミちゃん？」

その声に、ユミははっとして振り返る。

カズオと藻川老人が、並んで入り口に立っていた。

「ユミちゃん、どうしてきみがここに……あ、どこ行くの、ユミちゃん！」

カズオが呼び止めるのも聞かず、ユミは二人の男を押しのけて扉の外へ駆け出す。

庭を渡るときに窓からちらりとうかがえた横顔は、それまでの彼女と同一人物であることがにわかには信じがたく、砂糖がほこりにまみれたみたいに不機嫌さで灰色にくすんで見えた。


午後二時五〇分。

「バリスタの言うたとおりやったで」

とまどうカズオの肩になれなれしく手を置きながら、藻川老人は語る。

「うちの店を出てすぐに、あのユミっちゅう子のもとに電話がかかってきたんやって。そのあとで彼女が、急用ができてどうしても一、二時間抜けなあかんくなった言うから、この人はしゃあなしにひとりで劇を観にいこうとしてたところやった。通りで手挙げてはったから、もう少し早うタクシーが止まってたら追いつけへんかったな」

「二枚あったチケットのうち一枚だけをユミちゃんに渡して、ぼくは先に劇場へ向かうことになったんです。終演までに間に合えば、自然と合流できるわけですからね。でも——」

カズオは砂糖のぶちまけられた店内を、次いで美星バリスタの持っているダイヤモンドの指輪を見てから、怪訝《けげん》そうに訊ねる。

「これはいったい、何がどうなったんです」

「差し出がましいようですが……」

バリスタはカズオの左手を取り、その中に指輪をそっと握らせた。

「もしお客さまが結婚について真剣にお考えなのであれば、あの女性はおやめになったほうがよいのではないかと」

気弱そうなカズオだったが、ここではあからさまにむっとした。

「どうして見ず知らずのあなたに、そんなことを言われなくちゃいけないんです」

「今宵《こよい》、プロポーズするおつもりだったのでしょう。夜景がきれいだというレストランで」

その言葉に、カズオはあっけにとられたようだった。なぜそれを、とでも問いたげに口をぱくぱく動かしている。

いつの間にか藻川老人はフロアの隅にいて、二人の会話になどまるで興味なさそうにしていた。美星バリスタは、聞こえてしまいました、と詫《わ》びを入れ、わけを説明し始める。

「数十分前、お客さまがバッグの中身を落としてしまわれたとき、ユミさんの足元に指輪のケースが転がっていきましたね。それを見て、私はお客さまが今夜、出会って一年の記念日にプロポーズしようとしているのではないかと考えました。おそらくは彼女、ユミさんもそのときに、あなたの決意に気がついたのでしょう」

なるほど。あのビロードの小箱は指輪を入れるケースだったらしい。あれはたしか、ユミが自分で拾い上げたはずだ。

「ここからは私が直接、目撃したわけではありません。ただ結果から言えることは、ユミさんはあなたのプロポーズを受け入れる気はなく、けれども高価な指輪を欲しがった。そこで、あとで回収しにくるつもりで、指輪だけをシュガーポットの砂糖に埋めて隠したのです。あなたがお手洗いに行くために席を外した瞬間を見計らって」

何ということだ。僕が動きはなさそうだからと観察対象を変えたのちに、そんな興味深いことが起きていたとは。もちろん視界には入っていたに違いないが、ユミも人に見られないようにやったのだろうから気づかなかったのも無理はない。もとより動くものに意識が引きつけられてしまうのは習性なので、カズオがいなくなってからは母子のほうにしか目がいかなかった。

「ぼくのいないすきに、彼女がそんなことを……だけど、何も砂糖の中なんかに隠さなくても、バッグやポケットにでも入れておけばよかったのでは」

青ざめながらもカズオはもっともな疑問を口にし、バリスタがそれに答える。

「ユミさんがお召しになっていたワンピースには、ポケットがなかったようにお見受けしました。足元も靴ではなくサンダルでしたし、ほかに隠し持っておけるとしたらせいぜい、下着の内側くらいだったのでしょうが、彼女はそこには隠しませんでした。万が一、移動中に落としてしまうことを恐れたか……いえ、おそらくは単にそこまで頭が回らなかったのでしょうね。あなたがお手洗いから戻ってくる前に、急いで指輪を隠す必要があったわけですから」

「そういや彼女、自分のバッグにも穴が開いてるなんて言ってたっけ。だからそこにもしまえなかったんだな」

「はい。あなたに新しいバッグを買ってもらうための演出が、あだとなったのですね」

「ちょ、ちょっと待ってくれ」カズオはいきなり頭を殴られたみたいに顔をゆがめた。「あれが演出だって？」

「一年間も一緒にいたのでしたら、これまでにも似たような経験がおありだったのではないですか」

「そりゃまぁ、たしかにネックレスのチェーンが切れたとか、靴の底がはがれたとか、そういうことはあったけど……」

「そのたびにあなたが、新しいものを買い与えたのでしょう。彼女は今日もそれを期待して、バッグに疵《きず》を仕込んでいった」

「勝手なことを言わないでくれよ。彼女は苦学生で、新しい洋服や靴やバッグを買うお金がないからそういうことになるのであって、自分からぼくに何かをねだったことはないんだ。その意味では、むしろ経済観念のしっかりした子なんだよ」

「経済観念のしっかりした方なら、お財布を持ち歩かないことはないと思うのですが」

「財布？　そう言えば、バッグの中にはなかったな……ていうかきみ、そんなところまで観察していたのか」

ユミのバッグに穴が開いていたのは会話からでも知れたことだが、中身まではその後のカズオの行動を見ていないとわからなかったはずだ。が、バリスタは首を横に振った。

「違いますよ。もしお財布や、女性が普段持ち歩く化粧ポーチなどを持っていたとしたら、彼女はそこに指輪を隠せばよかったのです。持っていないからシュガーポットの中などという、非常にリスキーな場所しか思いつかなかった。きっと、お財布や化粧品を含めたさまざまなものを買ってもらえる機会をうかがいながら、最初に言及したのがたまたまバッグだったということではないでしょうか……いえ、これは私の邪推ですね。申し訳ありません」

美星バリスタは頭を下げたが、僕は彼女の言い分が正しいと思った。なぜなら僕は、ユミが色のはげたサンダルを履き、気候に比して薄すぎるワンピースを着ていたことを知っている。

カズオはもの憂げにかぶりを振った。美星バリスタの主張を否定しているのではなく、むしろ否定できない自分に失望しているように見えた。

「要するにきみは、ユミがぼくと一緒にいたのはお金目当てだったと言いたいわけだ」

「そのためだけにとは申しませんが、少なくともあなたの気前のよさを好んでいた側面があることは確かかと……高価な指輪をこっそりくすねようとした点も、この行動原理に合致しますね。指輪のケースだけをあなたのバッグに戻せばさしあたって気づかれる心配はないし、よしんば気づかれたとしても、手分けして探すふりをすれば指輪を回収する口実になりうる」

「ぼくの見ていないところで、砂糖から指輪を掘り出す必要があったわけですからね。まぁ結局のところ、ぼくは全然気づかなかったんだけど」

だからユミは電話がかかってきたように装い、カズオと一時的に別行動をとることにしたのだ。

「でも、それにしたってユミちゃんはよほど気が気じゃなかったんだろうな。何かの陰とかならまだしも、シュガーポットの中なんていう絶対に見つかりっこない場所に隠しておきながら、一五分かそこらで引き返したんだから」

「はい。ところが彼女の懸念は決して、単なる取り越し苦労ではありませんでした。実際に、彼女が指輪を隠すところを見ていた人がいたからです」

「それがあなただったというわけですか」

「私ではありません。ユミさんは席を外していたあなただけでなく、店員である私の目を盗むことにも抜かりなかった。ですが、隣のテーブルにまでは気を配りきれなかったのでしょう。そこを、あの女性に——お子さま連れの母親に、目撃されたのです」

そういうことだったのか。僕は誰もいなくなった左のテーブルを見やった。

「母親は初め、テーブルを二つはさんでユミさんと向かい合う位置にいました。正面にいたのではさすがに、指輪を隠すところをまったく見られないというわけにもいかなかったのでしょう。その時点で母親に下心が芽生えていたのなら、わざと見ていないふりをしていたかもしれませんしね」

「砂糖に何かを埋めるなんて行為、ひと目で誰だって不審に思うでしょうからね」

「ユミさんの考えにまで想像が及んでいたのかはわかりませんが、ともかく母親は何とかユミさんを出し抜いて高価な指輪を手に入れようと画策しました。まず、自然な流れで会話をしつつ息子がコーヒーを飲んでみたがるよう誘導することで、テーブルの反対側の席に移動したのです。これにより、隣のテーブルのシュガーポットを自分の手の届く範囲に収めました」

「だからぼくがお手洗いから戻ってきたとき、母親が席を移動していたのか……しかし、台本もなしに幼い子供との会話を誘導するなんて、そう簡単にできるもんかな」

「難しくはなかったと思いますよ。あのくらいの子供の言動に、特定の傾向や規則性が表れることはままありますし、それを誰よりも熟知しているのが母親でしょうから。たとえば母親はまず、ジュースがおいしいかと息子に訊ね、息子はそれに『ママは？』という言葉で応じました。これは、何かを訊ねるとすぐに『ママは？』と訊《き》き返す、息子の口癖を計算に入れたうえで始めた会話でしょう」

　未知の飲み物とあらば何でも関心を持つであろうことも、子供扱いされないように《大人の飲み物》を嫌いとは言わないことも、母親にとっては織り込み済みだったのではないか、とバリスタは続けた。

「そうして母親はうまく会話を運び、息子にコーヒーを飲ませるという口実のもと、テーブルに備えつけのシュガーポットから大量の砂糖をカップに投入しました。当店のシュガーポットは見てのとおり小ぶりですから、そうしようと思えばすぐに使いきれる量しか入れておくことができず、したがって毎日補充しているんです。母親はこれを空にすることで、隣のテーブルのシュガーポットと交換しても不自然でない状況を作り出したんですね。これは功を奏し、あなた方がお帰りになったあとで母親は、さりげなくシュガーポットを交換して指輪を手元に置いた。しかし、ここでひとつ問題が生じる」

「そりゃあ、取り出すときにどうしても目立ってしまいますからね。まさかシュガーポットをひっくり返してしまうわけにもいかないし」

「そんなことをすれば私が見とがめないはずはありません。付属のスプーンが小さいので、砂糖の山に隠しつつ指輪をすくうというのも現実的ではなかったでしょう。そこで母親はどうしたか――シュガーポットに息子の指を突っ込んで、使い物にならなくなった砂糖をもらって帰るという手に打って出たのです」

「はぁ……またずいぶんまどろっこしいことを」

カズオは開いた口がふさがらない様子だ。そして僕も同感である。少なくとも美星バリスタに対しては、さっと取って隠したほうがはるかにうまくいったことだろう。

「子供がじかに触ったとなれば、その砂糖をお店で使用することはできません。しかし母親にとってはそこまで不衛生という感じもしないでしょうから、『捨てるくらいならくれ』という母親の要求はかろうじて筋の通るものだったのです。あとは袋をもらうなどして、その中でシュガーポットをひっくり返し、砂糖ごと指輪を持って帰ればいい。よく思いついたものだと感心しますが、砂糖をお譲りすることをためらった私に母親が弁償するとまで言い出すにあたり、疑念を抱かずにはいられませんでした。これは砂糖の中に何かがあるぞ、対価を払うと言うくらいだからきっと高価なものだろう、と——そして私は何が起きたのかを知り、うちのオーナーにあなたを呼び戻してもらうとともに、指輪を母親に持ち帰られないよう策を講じたのです」

カズオの注文したナポリタンを調理していたので、藻川老人はその後の居眠りにもかかわらずカズオの容貌《ようぼう》をはっきり覚えていた。美星バリスタは、京都駅の劇場に向かっているはずだからと言い添えて、出ていったばかりの男性客を連れ戻すよう老人に指示すればよかったわけだ。

「砂糖を欲しがったというだけで、そこまでお見通しとはね」普段の美星バリスタを知らないカズオは、うさんくさそうな目を向けている。

「砂糖の中から何も出てこなければ、ただの思い過ごしで済んだのです。けれども結果的には私の考えたとおりだったので、私は母親に指輪を持ち帰られることを阻止できましたが、揉み合いになった代償として床を砂糖まみれにしてしまいました。ちょうど母親が指輪を拾ったところで戻ってきたユミさんは、指輪と散乱した砂糖を見てまずいと思ったのでしょう、とっさになくした指輪を取り返しにきたふりをしました。けれども私はすでに事態を把握したあとだったので、あなたにお返しするつもりで彼女へ指輪を渡すことを拒否したのです」

美星バリスタの話が終わると、カズオはうつむいて眉根を揉んだ。

「またしても、よからぬ女性に引っかかっていたというわけですね」

気弱そうではあるけれども、悪人には見えない男の示した自嘲《じちょう》に、バリスタは眉を八の字にする。

「またしても、ですか」

「情けないことではあるけれど、物心のついた段階で、性分といい見てくれといい、自分が多くの女性に好かれるような男でないことは理解していました。それでもいつか生涯のパートナーを見つけるためにできるだけのことはしよう、優秀な学校に入って立派な仕事に就こうと、十代の頃から自分なりにせいいっぱい努力してきたんです。その点、目標は達成できたと思います。仕事には誇りを持っているし、甲斐性《かいしょう》だって年齢の割にはじゅうぶんあると言っていい」

美星バリスタは何も言えずにいた。カズオの言葉に自慢するような気配はなく、むしろ何かをあきらめた潔さが感じられる。

「でも、だめですね。結局、異性と向き合うことから逃げてここまで来たので、見る目というものが育たなかった。この歳にもなって、まったくお恥ずかしい限りです」

そして彼は、とても寂しそうに付け加えた。

「今度こそ、大丈夫だと思ってたんだけどな。華美に着飾ることもせず、何かをねだることもなく、一年間もそばにいてくれたんだから。ぼくは、真剣だったんだけどな」

「……与えすぎるからではないですか」

カズオは虚を衝《つ》かれたように、美星バリスタに顔を向ける。「え？」

転がるボールを追いかけながら、転がしてしまったことを悔やむ瞬間がある。次の言葉を口にする美星バリスタの心境は、まさしくそんな感じだったのではないか、と僕は想像した。

「私、あなたのことも、あなたがこれまで関わってきた女性のことも存じ上げません。でも、きっと他にも素敵なところがある自分をあきらめて、お金とか、地位とか、そんなものしか持ってないと思い込んでしまうから、相手もそれしか期待しなくなるのではないでしょうか。もしかしたら、初めはそうじゃなかったかもしれないのに」

シャボン玉がひとつ、生まれて弾けるくらいの間があった。カズオは手の中で光るダイヤモンドをながめると、吐き出す息とともに言った。

「若いね」

そして財布からお札を数枚、取り出して美星バリスタに渡そうとした。バリスタは慌てて断ったが、カズオは迷惑料と指輪のお礼だと主張して引っ込めず、テーブルの上に勝手に置いた。去っていく彼を、いつもの《おおきに》の声もかけず見送ったあとで、バリスタはしゅんとして独り言を洩《も》らす。

「さっきの言葉、絶対いい意味じゃなかったよね」

じっと見つめていたら、彼女は僕の視線に気がついた。こちらにやってきて、顔をのぞき込んで問う。

「ねぇ私、また余計なこと言っちゃったかな」

どう反応したものか、と困っていると――。

「こんにちは」

カランと鐘の音がして、聞き慣れた声が飛び込んできた。

「うわ、何だこれ、ひどいなぁ。いったい何があったんです」

店に入ってきた青年は、床の砂糖を見るなり眉をひそめている。美星バリスタは苦笑を浮かべ、青年を迎えて言った。

「いらっしゃい、アオヤマさん。ちょっと、いろいろあって」

「よくわからないけど、大変だったみたいですね……ん？」

そのとき僕が椅子から降りたことで、青年はようやく僕を見つけた。そして曲げたひざに手をつき、こちらに向かってほがらかにあいさつをしたのだった。

「やぁシャルル。元気にしてたかい？」


午後三時。

柱時計が待ちに待ったその時刻を指したことを確認して、僕はにゃーにゃーと鳴き始めた。

「あら、もうこんな時間。シャルルに餌をあげないと」

美星バリスタはフロアの隅、眠る藻川老人の頭上にある棚からキャットフードの袋を取り、足元の餌皿にバラバラと入れた。僕はそんな彼女にまとわりついて、皿が満たされるとまっしぐらに顔をうずめる。

「餌をあげる時間を決めているんですね」

この店一番の常連客、アオヤマ青年の言葉に、バリスタはうなずく。

「ええ。シャルルはまだ仔猫《こねこ》から成猫への成長過程で、一度にたくさんの餌を食べられないものですから、一日三回に分けて与えているんです。まさか時計が読めるわけでもないのでしょうけれど、そこは動物の勘というか、餌の時間がわかるみたいですね」

失敬な。僕はキャットフードを食べながら憤慨する。あまりみくびらないでもらいたい。猫でも時計くらい読める。この店にある椅子の一部の座面に使われている素材をビロードということも、時々もらえるおいしい餌の容器を缶詰と呼ぶことも、洗い物の際に発生して宙を舞う泡をシャボン玉ということも、猫は何でも知っているのだ。

「僕が持つ猫のイメージといえば、皿に餌を入れておけばあとは好きなときに食べる、というものかと」

「そのような形で飼育されている場合も多いですね。考え方は人によりけりなので……一応、うちでは時間を決めて適量ずつ与えるようにしています」

美星バリスタはキャットフードの袋を棚に戻し、ついでの動きで藻川老人を起こした。肩をはたき、掃除をするから手伝って、と言う。

「僕も協力しますよ。ひとりでコーヒーを飲んでいるというのも落ち着かないし」

アオヤマ青年の申し出を、バリスタは辞退しなかった。三人で床を掃き、磨くあいだ、バリスタは砂糖がぶちまけられた顚末《てんまつ》を青年に説明する。

「それはまた、面倒なことに巻き込まれたものですね」

ひととおり話を聞いた青年の、最初の感想がそれだった。

「振り返れば違和感のある言動が多々見られたはずなのですが、それぞれがけどられないよう注意していたこともあり、いよいよという段階に至るまで見抜くことができませんでした。もっと早くに気づいていれば、こんなことにならずに済んだかもしれなかったのに」

「仕事をしながらだったんでしょう。無理もありませんよ」

「そう言っていただけると、いくらか救われるのですけれど。アオヤマさんは……」

　ここで美星バリスタの声が途切れたので、僕は餌を食べるのを中断して顔を上げたのだ。

「アオヤマさんはその、常連客でいらっしゃいますから、あらためて説明するまでもありませんが……ご覧のとおり、うちは小さな喫茶店です。たった二人でもじゅうぶん営業していけるような」

「二人と一匹、では？」

「猫は人手に数えませんよ。猫の手も借りたい、と思うことはありますが」

　アオヤマの軽口に美星バリスタが笑ったので、僕は安心して食事を再開した。さっきバリスタが言葉につまったのはおそらく、アオヤマのことを《常連客》と断じてしまうことにちょっぴり抵抗があったからだ。カズオとユミの微妙な関係性をながめながら思い出していた、よく似た例とはこの二人のことである——ただの常連客と店員という関係を超えた親密な間柄であるはずなのに、いつまで経《た》ってもつがいになろうとしないのだ。

アオヤマ青年のことはどうでもいい。なぜ態度をはっきりさせないのかと敵視すらしているくらいだ。だが、飼い主である美星バリスタには恩もあるので、いつでも上機嫌でいてほしい。何てことのない表現にも言い淀《よど》むような彼女であってほしくはないと、猫なりに心配しているのだ。

「とにかく、うちは小さな喫茶店です」美星バリスタが話を戻す。「お客さまの会話は耳をふさぎでもしない限り聞こえてきますが、その反面、お客さまを観察するなんてことは不可能です」

「だから、指輪を砂糖に埋めるところを目撃できなかった」

「はい。それができたとしたら、この子くらい」

今日の出来事について振り返りつつ、キャットフードの残りの数粒を仕留めにかかる僕に視線をくれて、バリスタはくすりと笑った。アオヤマ青年がそれに乗じる形で、僕にぐいと顔を近づける。

「おいシャルル、たまには美星さんの力になってあげないとだめだぞ」

きみにだけは言われたくない。この男は去年の暮れに《二度とこの店には来ない》と啖呵《たんか》を切っておきながら、先月何食わぬ顔で戻ってきて今日もへらへら笑っているという、何とも情けないやつなのだ。

僕は抗議の声を上げる。しかし二人はその《にゃー》を、僕が返事をしたものとみなして、《頼もしいわねシャルルちゃん》などと言い合う。相手をしていられないので僕は、最後の一粒を食べてしまうと、窓際にあるビロードの椅子に飛び乗った。

ダイヤモンドの指輪にも、恋人にも若さにも興味はない。じゅうぶんな餌が食べられさえすれば、僕はそれで満足なのだ。人間とは何てややこしい生き物なのだろうと思いながら、僕は陽の当たる椅子の上で丸まり、お腹が満たされたことによる幸福感を嚙《か》みしめていた。

午後三時一〇分。

あぁ、退屈だ。

パリェッタの恋

1

北大路通を西へと駆け出したとき、すでにわたしは半泣きだった。

どう考えてもスマートフォンが悪い。地図を見るのに便利だというので、不案内な土地の専門学校に入学するにあたって、思いきって買い替えたのが今年の春のことだ。機械オンチのわたしは基本的な操作を覚えるにもひと苦労だったが、最新のアラーム機能の使い勝手のよさを知ってからは、信頼して毎朝の起床をスマートフォンにゆだねてきた。それにしても最近、スマートフォンの動作が安定しない感じはしていたが――よりによってこんな大事な日、つまり学校の試験当日の朝に、アラームを鳴らすことなくフリーズしてしまうとは。

それにしたって普段なら、アラームなしでもそう遅くならず目覚められたはずだ。ところが昨晩に限って、自信のない科目に備え夜中まで勉強をしたから、今朝方の眠りが深くなってしまった。結果、ようやく目覚めたときにはもう一刻の猶予もなく、ただでさえまわりの女子学生に比べ見劣りのする顔に化粧もしないまま、着替えだけを済ませて自宅を飛び出したというわけだ。

試験の始まる午前九時まで、残り一五分を切っている。いい運動だと思って毎朝、片道二キロメートル弱の道のりを徒歩で通学していたのが災いし、わたしは自転車すら持っていなかった。いつもは京都の街にあふれるタクシーも、時間帯のせいかいまは一台も通りかからない。それでも急げばどうにか間に合う距離ではある。ただし、二キロメートル弱を走りとおすことができればの話だ。

案の定、五分も経たないうちにわたしは、持ち上がらなくなったひざに手をついて立ち止まっていた。夏休みが明けて間もない九月初旬の陽射《ひざ》しは朝の時点でカンカンと照りつけ、わたしの体から大量の汗をしぼり取っていく。めったに欠かさない朝食を抜いたことも重なって、わたしはくらくらとめまいがし、胃のあたりには空腹か吐き気かの区別もつかない不快感を覚えていた。

――万事休す、か。そう思ったときだった。

「乗ってくか、お嬢ちゃん」

うつむいたわたしの右耳に男性の声が、短いクラクションの音とともに聞こえた。自分にかけられた言葉だと、とっさにはわからなかった。しかし、いまのわたしの乱れ具合は、はたから見れば心配して声をかけたくなる類のものなのかもしれない。

顔を上げる。喉《のど》の奥に溜《た》まった唾《つば》を飲み込み、右側を振り向く。

「そんな顔してたらせっかくの美人が台なしやわ。何をそんなに急いでんの」

路肩に寄せた真っ赤なセダンの運転席に座っていたのは、見たところ七〇歳くらいのおじいさんだった。口のまわりに銀のひげを生やし、うぐいす色をした薄手のニット帽をかぶっている。

「専門学校の試験なんです。九時開始なんだけど、間に合いそうになくて」

藁《わら》にもすがる思いで、わたしは答えた。おじいさんは驚いている。

「なんや、学生さんかいな。九時言うたらもう全然時間ないやんけ。はよ乗り、送っていったる」

「いいんですか、ありがとうございます！」

言うが早いか、わたしは後部座席に乗り込んだ。どことなく風変わりな印象を受けるこの、初対面の老人を信用していいものかわからなかったが、背に腹は代えられなかったのである。

「ほんで、学校はどこや」

「京都国際医療福祉学院といって、このまま北大路を一キロほどまっすぐ行った先にあります」

「よっしゃ、ほんならしっかりつかまっとき！」

おじいさんがアクセルを踏み込む。うなりを上げて車が発進し、加速しつつ北大路を駆け抜けていく。軽快にハンドルをさばき、右と左の車線を縫い合わせるように他の車両を避けて走行しながら、おじいさんはなおも余裕があるのか、後ろで息を整えているわたしに話しかけてきた。

「医療福祉言うたら、看護師にでもなるんけ」

「いいえ。看護学科もありますが、わたしはＰＴを目指しています」

「ＰＴ？」

「理学療法士です。傷病や高齢などの理由で、歩いたり、立ち上がったりといった基本的動作に障害を持つ人に対し、医師の指示のもとでそれらの機能を回復させるための治療を施すことを主な業務としています。治療体操などの運動療法と、電気刺激や温熱といった物理療法をおこなうことができる、れっきとした国家資格なんですよ」

「はぁ、ようわからんけど、困った人を助ける仕事は立派やな」

わしも困った人見たらほっとけへんタチやからな、と言っておじいさんが笑ったとき、車は学校の正門の前に到着した。

「ありがとうございました。あの……」

「えぇて、はよ行き。間に合えへんかったら意味ないし」

あらためて礼を述べようとするわたしにおじいさんはしっしと手を振ったが、そういうわけにもいかない。これでも最低限の礼儀はわきまえているつもりだ。

「わたし、伊達《だて》涼子《りょうこ》って言います。後日お礼にうかがいますから、せめてお名前を」

おじいさんはわずらわしそうにしていたが、このうえわたしを遅れさせるわけにもいかないと思ったのだろう、すんなり答えてくれた。

「藻川又次。市内でタレーランっちゅう喫茶店を経営しとる。コーヒー豆の仕入れのついでにあんたを乗せたっただけやし、ほんま何も気にせんでえぇから。ほな、試験がんばってや」

そして赤い車は去った。わたしはきびすを返し、走って校舎へ向かう。

結局、試験開始直前に何とか教室に滑り込み、わたしは前夜の猛勉強も、藻川さんの厚意も無駄にせずに済んだ。少なくともこの時点では、そう信じられるだけの手応えを、すべての科目で感じることができていたのである。

2

「へぇ、そんなことがあったとはね」

康士《やすし》はニヤリと笑うと、煮豆を箸《はし》でつまんで器用に口の中へ抛《ほう》った。

リビングダイニングの中央を陣取るマホガニーのテーブルは、わたしが独り暮らしを始めるにあたって輸入雑貨のお店で買った、お気に入りの家具だ。その上にいま、わたしの作った夕食が並んでいる。

テーブルをはさんで向かい合う康士は、週に二日はこの部屋を訪れてわたしの手料理を食べていく。初めのうちは遠慮がちだったが、一人分作るのもかえって面倒だからとわたしが言うと、以降は気にせずやってくるようになった。

「心配したんだよ、遅刻なんてする人じゃないからさ」

もぐもぐ口を動かしながらだと説得力がない。今朝のわたしの慌てぶりについて問いただしてきた康士に、一部始終を話して聞かせたのである。わたしはアジの塩焼きをつつきながら、

「ほんと、よりによってこんな日にアラームが鳴らないなんて。藻川さんが声かけてくれなかったらどうなってたことか」

「そのじいさんの体が動かなくなったときには、仕事で恩返ししてやりなよ」

めったなことを言うもんじゃないとたしなめると、康士は肩をすくめた。

いまから一年半ほど前、康士が高校三年生になったばかりというタイミングで急に、理学療法士になると言い出したとき、わたしはとにかく驚いた。それまでの彼の、あらゆる熱が冷めてしまったような生活態度を見るにつけ、高校卒業後はとりあえず手頃な大学にでも入って、それから将来についてゆっくり考えるつもりなのだろうと思っていたからだ。

ただ、その動機を聞いたときわたしは、なるほどね、とうなずいた。

「自分がお世話になったからこそ、いい仕事だなって感じたんだよな。それにほら、俺、

元々スポーツ好きだし」

康士は小学生のころからずっとサッカーをしていた。ところが高校二年の夏、部活の練習試合で相手チームの選手と激しく接触し、左足の関節に重傷を負って引退を余儀なくされた。彼が抜け殻みたいになってしまったのはそれからだ。幼少期より絶やすことのなかった彼の情熱を間近で感じてきたわたしにとって、その姿はあまりに痛ましく、わたしは彼の登下校に付き添ってなぐさめや励ましの言葉をかけるくらいしかできなかったが、それも大した意味をなさなかったように思う。

ところが康士の運動機能そのものは、リハビリの甲斐あって順調に回復し、選手への復帰こそ難しいものの軽い運動なら難なくこなせるまでになった。自分の体の一部でありながら、ある日突然思いどおりに動かせなくなったショックは想像に余りある。だからこそ、機能を回復してくれた人に対する感謝の念は大きなものになるし、それが憧れに変わることもあるのだろう。康士の場合は、もっとも親身になってくれたのが理学療法士だったというわけだ。

理学療法士は高齢者などのほかに、故障したスポーツ選手のリハビリを受け持つことがある。したがって、何らかの形でスポーツに携わりたいとの思いから理学療法士を目指す人はめずらしくなく、康士もこれに当てはまる。わたしは喜んで彼の目標を応援することにした――はずが、気がついたら康士と同じ専門学校を目指していたのだから、縁とは不思議なものである。

「それにしても、京都の人は冷たいなんて風説を耳にしたことがあるけど、藻川さんみたいな人を見る限りではちっともそんな風に思えないね」

わたしが言うと、康士は悟ったような口を利く。

「そりゃあ結局は個人の問題さ。納豆が好きな関西人もいるし、秋田にだってブスはいる」

「まぁ、ひどいたとえ」わたしは眉をひそめた。「でも、まさか京都に住む日が来るなんて思いもしなかったな。わたしも康士も、生まれてこの方ずっと東京暮らしだったもんね」

「PTになりたいだけなら、別に東京を出なくてもよかったんだけどな。あのときは、せっかくだし親元離れてみたいって思ってたから」

昨年のこと、康士が折に触れ理学療法士への憧れを語るのを聞きながら、わたしも半ば洗脳されるように、素敵な仕事だと思うようになった。またこれからの人生、自分の力でお金を稼いで生きていかなければならなくなることを考えると、いわゆる《手に職を持つ》というのは大いに魅力的でもあった。

真剣に検討し始めた秋口、すでに康士はAO入試をパスし、京都国際医療福祉学院への進学を決めていた。同じ学校に入りたい旨を告げると彼は目を丸くしたが、真似するなとは言わなかった。それからわたしは本格的に勉強を開始し、翌年の春、五倍近い倍率の一般入試を勝ち抜いて入学という運びになったのだ。理学療法学科八〇名の定員は氏名を五〇音順に並べて二クラスに割り振られ、わたしと康士はクラスメイトになった。日本理学療法士協会が四年制のカリキュラムを推奨する中で、わたしたちのかようコースは三年制。かくして中身のぎっしり詰まった、ゆえにただの一科目も試験をおろそかにできない、ストイックな学生生活は幕を開けたのである。

「慣れない土地での独り暮らしなんて、初めはどうなることかと思ったけれど……半年近くが経って、康士もうまく生活を軌道に乗せてるようで安心したよ」

食後のお茶を急須で淹れながらいかにも保護者じみたことを言うわたしに、康士はそっちこそ、と応じた。

「いきなり俺についてくるなんて言い出すもんだから、傍目《はため》にもずいぶんハラハラさせられたさ。だけどまぁ、そのぶんじゃ心配なさそうだな。何せ通りすがりの男にナンパされて、いい気になってるくらいだから」

「バカ、そんなんじゃないって。相手はおじいさんよ」

否定しながらもわたしは、頰《ほお》が熱くなるのを自覚していた。康士がけらけら笑っているので、むきになって言い返す。

「あんたこそ、いつまでもわたしの作るごはんをたかりになんか来ないで、かわいい彼女ゲットして手料理食べさせてもらいなさいよ。藻川さんを見習って、たまにはナンパでもしてきたらどうなの」

「余計なお世話だよ。いちいち報告しないだけで、俺だってそこそこ遊んでるっつーの……ほら、噂《うわさ》をすれば」

折しも康士の携帯電話が鳴った。画面を見ながら操作しているところを見ると、電話の着信ではないらしい。

「メール？」

「いや、《デカケッター》だな。俺宛てにメッセージが来たんだ」

「デカケッター……何それ」聞きなじみのない単語だ。

「最近、学生のあいだで流行ってんだよ。インターネットを介して好きなことをつぶやいたり、人のつぶやきを見たり、直接メッセージをやりとりしたりできるんだ」

説明を聞いてもよくわからない。機械オンチなので自然、そうした流行にもうといのだ。

「ふぅん……で、女の子からメッセージが来たのね」

「まぁな」

康士が前髪を触るのを見て、わたしは思わず噴き出した。

「その仕草。嘘《うそ》をつくときのくせ、子供のころから変わらないのね」

すると康士はうろたえて、

「うるさいな。で、肝心の試験の出来はどうだったんだよ」

これ以上いじめるのもかわいそうだ。強引な話題の転換に、わたしは付き合ってあげることにした。

「おかげさまでばっちり。前夜の詰め込みが功を奏したって感じかな。藻川さんには、ちゃんとお礼を言いにいかなくちゃね」

ならいいけど、と言って康士は携帯電話をテーブルに置き、冷めかけのお茶をすすった。もしかすると彼のほうでは、いまひとつ手応えがなかったのかもしれない。常日頃からまじめに勉強していたわたしは、留年なんてことにならなければいいね、と彼のことを笑う余裕すらあった、のだが。

3

二週間後。返ってきた成績を見て、わたしは愕然とした。

試験は一科目につき一〇〇点満点で、六〇点以上が合格となる。実技をともなう試験の場合は原則、筆記が八〇点、実技が二〇点という配点だ。

わたしの成績はおおむね高得点を示し、ほぼすべての科目で合格していた。ただひとつ、生体力学の単位だけが五八点で不合格となっていた。しかもその内訳は、筆記の五三点に対し、実技がたったの五点だったのだ。

筆記の八〇点中五三点というのも褒められた点数でないのは確かだ。が、それにしたって実技が低すぎる。しかも誰の目にも明らかというような致命的なミスを犯したのならまだしも、わたしにはまるで心当たりがなく、問題なく実技を終えた気がしていたというのにである。

理学療法学科においてはほとんどの単位が必修なので、落とせば即留年というケースもある。ただし、試験の結果をフィードバックした上で不合格者には再試が実施されるため、実際には大半の学生がそこで合格となり単位を修得する。だから、必ずしも焦る必要はない。

しかし、わたしはどうにも納得できなかった。何人かのクラスメイトにも成績表を見せてもらったが、生体力学の実技の欄には最低でも二ケタの点数がついており、ますます不当だとの思いを強くした。

そこで、わたしは直談判しにいくことにしたのである。

「失礼します!」

その日の昼休み、道場破りが《頼もう》と口にするときのような心境で、わたしは職員室の扉を開けた。

本校には全部で五つの学科があり、講師の数は理学療法学科だけでも一〇人に上る。昼休みを迎えたばかりの職員室には二五人ほどの講師がいた。それらの顔が、ごく一部を除きいっせいにこちらを向く。

「どうしたんですか、伊達さん。険しい顔して」

真っ先に声をかけてきたのは、うちのクラスの担任を務める佐野《さの》先生だった。学生たちのさまざまな悩み——学習面、あるいは生活面での不安に対応するため、本校では各クラスに担任が置かれている。けれどもわたしはこの、一見親切そうで眼鏡の奥の目が笑っていない感じのする男性講師が、何となく好きになれなかった。

わたしは佐野先生を無視して、その斜向《はすむ》かいの席でこちらに背を向けたままの男性講師のもとへ歩み寄る。

「瀬古《せこ》先生」

名を呼ぶと、彼は回転椅子の上で振り返った。声をかけられて初めてわたしがいることに気づいたとでもいうような、ぽかんとした表情が白々しい。片手に持ったマグカップからは湯気が立っており、コーヒーを飲んでいたようだ。

「あなたは……」

「一年B組、伊達涼子です。試験の成績についておうかがいしたいことが」

わたしが成績表を目の前に突き出しても、彼は顔色ひとつ変えなかった。

瀬古秀平《しゅうへい》。日本の成人男性の平均的な体型と比較して、縦には少し高く横には少し細い。糊《のり》の効いたシャツや折り目のついたスラックスには清潔感が漂うものの、くせのある長髪がそれらを台なしにしている。年齢は三〇代前半だと聞いた。五年以上の実務経験を要する講師の中では若い部類だが、そんな印象がないのは孤高に酔っているかのような愛想のなさゆえだろう。

生体力学の講義は彼の担当である。成績表の点数を指差しながら、わたしは瀬古先生に詰め寄った。

「筆記試験に関しては、わたしの努力が足りませんでした。反省します。でも、実技が五点というのはあんまりじゃないですか」

ところが先生はこともなげに、なんだそのことか、とつぶやく。

「伊達さんは、実技試験の内容を覚えていますか」

「もちろんです。トランスファーでした」

トランスファー。日本語では移乗動作という。ベッドから車椅子へ移る、あるいは車椅子からトイレの便器に座る、または車に乗り込むなど、乗り移りの動作に際して必要な介助をおこなうことを指す。

「試験はわたしたち学生が二人一組になり、相手を半身麻痺《まひ》患者に見立ててベッドから車椅子へ、さらに車椅子から自動車へ乗せるというものでした。わたしはそれを成功させましたし、ひどくもたついたとか、何度もやり直したというようなこともなかった。なのにどうして」

「ペアの学生さんの表情を見ましたか」

　虚を衝かれ、わたしはたじろぐ。

「いえ……向かい合って肩を抱えるようにするのですから、相手の顔は見えません」

「痛いのを必死でこらえているようでした。おそらく力まかせに引っ張ったせいでしょう」

「力まかせだなんて！　それは、他の学生に比べて非力であることは自覚していますから、そのぶんだけわたしには余裕がなかったかもしれませんけど」

「移乗動作はやり方を正しく理解して、最小限の力でおこなうことが重要です。力のない人ほど、かえって力に頼ってしまうものなのです。あなたの場合、出だしは相手の麻痺している半身の側に立つといった基礎ができているのに、少し力を加えて動かないと見ると、すぐに角度を変え、誤った方向から引きずるようにして相手を動かしていました。あんなことをしていては相手の身が危険です。それはもっとも避けなければならない事態だ、ということはおわかりでしょう」

　淡々とした口調がいっそう、言葉の厳しさを際立たせていた。

もはや抵抗する気持ちなどわたしの中に微塵《みじん》もなかった。瀬古先生の説明は、わたしの思い上がりを正当な方法で粉々に砕いてしまった。言われてみれば、思い当たることばかりだったのである。

「トランスファーは練習あるのみです。成績のよかったクラスメイトに練習に付き合ってもらうなどし、万全を期して再試に臨んでください」

立ち上がり、職員室を出ていこうとする瀬古先生の背中に、わたしは声をかけた。

「あの」

「申し訳ありませんが、これ以上の苦情は——」

振り返った瀬古先生は、深々と頭を下げたわたしの姿を見て絶句した。

「すみませんでした。わたしが間違っていました。つきましては、わたしに特訓をつけてくださいませんか」

「特訓、ですか。そんな大げさな」先生の声はとまどっている。

「このままではわたし自身の気持ちが収まらない、というのもあります。でも何よりも、間違って覚えたことを実践して、患者さんやお年寄りに取り返しのつかない負担をかけてしまうことが恐ろしいのです。だから、どうか」

わたしの熱意に動かされたというよりは、まわりの講師陣から向けられた好奇の目に耐えられなかったのだろう。瀬古先生はわたしの肩に触れ、慌てた口調で言った。

「わかりましたから、顔を上げてください。何もそんなに懇願しなくても、苦手科目があれば付き合うのは講師として当然です」

「本当ですか。ありがとうございます！」

わたしが笑みを浮かべると、先生はばつが悪そうに目を逸《そ》らした。愛想がない人だと思っていたが、いったん感情の洩れ出るさまを見てしまうと、人前でせいいっぱい澄ましてみせる子供のようでかわい気すら感じられる。

こうして昼休みの時間を利用した、わたしと瀬古先生との週に一度の特訓は始まった。

4

再試を無事にクリアして、三度目の特訓を迎えた日のことだ。

昼休みは昼食をとる時間でもある。わたしと瀬古先生は演習室に入るとまず机に向かい合ってお弁当を食べながら、その日取り組む特訓の内容について話したり、関係のない雑談に興じたりした。そうした時間だけで五〇分の昼休みのうち半分ほどがつぶれてしまうので、特訓の進捗《しんちょく》の度合いは実にゆっくりとしたものだった。

「先生、毎日そんなものばかり食べてるんですね」

会話が途切れたのを埋めるつもりで、わたしは先生の前に広げられたコンビニのお弁当を指して言った。先生は基本的に口数が少なかったが、わたしが話を振るといつもわりあいはっきりとした返事をくれた。

「えぇ、まぁ。作ってくれる人がいないものですから。私は料理が苦手ですし」

「こんな言い方は失礼ですけど、けっこういいお歳ですよね。奥さんは」

すると先生は、まるで呼吸をするようにあっさり言った。

「いますよ」

知らなかった。わたしは先生の左手の薬指に目をやる。

「そうなんですね。指輪がなかったから、てっきり独身かと……でも考えてみると、訓練の際に邪魔になりますものね」

しかし、それなら奥さんにお弁当を作ってもらえばよさそうなものである。そんなわたしの疑問に、先生は先回りして答えた。

「恥ずかしながら、別居中なのです。妻は現在、三歳になる息子とともに東京の実家に身を寄せています」

言葉を失う。触れてはいけない部分だったようだ。しゃべる代わりにわたしはおかずのメンチカツを口に運んだが、何の味もしなかった。

わたしの感じた後ろめたさを見抜いたのか、瀬古先生は苦笑して、

「夫婦の問題なので、伊達さんは何もお気になさらず。それに、初めのうちはまいり

ましたが、半年も経つとさすがに慣れました。このまま離婚ということになれば、私は強いて逆らわないでしょう」

「はぁ……でも、どうして別居なんか」

「それが、要領を得ないのです。不貞があったというような、明快な理由が存在しているわけではないことは確かです。ただ、いつの間にか妻の心が離れ始め、私が気づいたときにはすでに、追いつけないくらい遠くにまで行ってしまっていました」

　雨垂れがやがて桶《おけ》からあふれるように、長い時間をかけて溜め込んだものがあるときを境に抑えきれなくなることもあるのだろう、と瀬古先生は言う。

「もっとも私もこの半年間、頻繁に息子に顔を見せにいくとか、妻に面会を要求するとか、誠意を示すための行動を積極的に取ろうとはしませんでした。一方的な妻の別居に、ただただ困惑するしかできなかったのです。彼女にしてみれば、私のそういうところがもどかしかったのではないでしょうか」

　一番身近な人の機微にさえ注意を払うことができないようでは、とても現場になんて向きませんよね。先生は最後にそう付け加え、自嘲の薄笑いを浮かべた。少なくとも五年、理学療法士として医療や介護などの現場に勤めたうえで、講師の道を選んだことになる。もちろん動機はさまざまだろうし、不向きだと感じて教職に転じる人がいたっておかしくはない。理学療法士はリハビリを担当するだけでなく、相手の心のケアも重要な仕事のひとつなのだ。

先生はおいしくなさそうに、毒々しいオレンジ色のスパゲティをほおばった。その顔が寂しそうでわたしは、どうにかして先生を元気づけてあげなくては、という責感に襲われた。お節介だとは百も承知だ。しかし、そもそもこの話を始めたのはわたしなのだ。それにわたし自身、離婚というフレーズをただ聞き流すには抵抗があった。

「しょうがないな。わたし、来週から先生のぶんのお弁当も作ってきますね」

ことさらに明るい声で宣言すると、先生は毒気に当てられた顔をした。

「いや、しかし。いまだって別に、嫌いなものを無理やり食べているわけではありませんから。そんなお気遣いは無用です」

「遠慮なさらないでください。せめて週に一度くらいは、ちゃんと栄養のあるものを食べたほうが元気出ますよ。味のことなら心配しないで。こう見えてもわたし、料理の腕には自信があるんです」

「こう見えてもというか、そのようにお見受けはしますが……」

「再試も終わったことですし、本来ならば特訓を打ち切られても文句は言えません。このままお世話になりっぱなしでは、わたしも気持ちが悪いんです。だから、ね」

わたしは先生に首を横に振らせず、強引に押し切った。その後の移乗動作の練習で、対象者に見立てたわたしに触れる先生の仕草はいつもよりぎこちなく感じられた。

一週間後の昼休み。わたしは職員室に、瀬古先生を呼びにいった。

「じゃーん」

二つ提げた包みのうちひとつを顔の横に掲げてみせると、先生は目玉をぐるりと回す。

「本当に作ってきたんですね」

「いいなぁ瀬古先生は、学生からモテて」

からかうように、隣のデスクから声をかけてきたのは島《しま》先生だ。人のよさそうな笑顔とふっくらとした体型には彼の持つおおらかさがにじみ出ており、講師というよりは友達のような感覚で学生からも慕われている。年齢は、瀬古先生より少し上だったはずだ。

島先生の言葉に、瀬古先生はたじろいだ。

「誤解です。学生からの人気という点では、島先生の足元にも及びません」

「ぼくは瀬古先生と違ってイケメンじゃないしなぁ。人気といっても、マスコットみたいなもんですよ」

「――困りますな、瀬古先生。学生と食事をするのは、規則で禁止されているはずですが」

と、佐野先生が不機嫌そうに水を差してきた。担任する学生が他の講師になつくのがよほど気に食わないらしい。小さい男だ。わたしはむっとして言い返す。

「それは学外での話でしょう。わたしたちは特訓のついでに学内で食べるのだから、規則には触れないはずです」

「規則が作られた目的を考えれば、二人きりという時点で同じことです」

近年、他の大学や専門学校において学生と講師が不適切な関係となり、後々問題となったケースが複数生じたことに鑑《かんが》み、本校では今年度より、特段の事情がない限り講師と学生が学外で会うことを禁じる規則が設けられた。そうした背景を踏まえれば、佐野先生の言うことも一理ある。が、だからと言って規則の文言に違反していないのに白い目を向けられる筋合いはない。

佐野先生とわたしがにらみ合っていると、島先生があいだに割って入った。

「まあまあ、二人とも。いいんじゃないですか、この場合は特別ってことで。そもそもの発端は、伊達さんが勉強熱心であるがゆえなんですよ。佐野先生だって、担任する学生の成績が上がるに越したことはないでしょう」

温和な口調で諭されて、佐野先生も矛先が鈍ったようだ。くれぐれも間違いのないように、と下品な捨て台詞を残し、強めに床を踏みながら職員室を出ていった。瀬古先生は瀬古先生で、涼しい顔をしていつもの演習室に向かおうとする。わたしは島先生にぺこりと頭を下げ、慌てて瀬古先生のあとを追った。

「島先生、わたしたちをかばってくれましたね」

廊下を並んで歩きながら言うと、瀬古先生は前を向いたままで答えた。

「島先生とは、普段から親しくさせてもらっていますので」

「少し意外な気がします。いえ、島先生は誰とでも仲良くなれそうですけど、諍《いさか》いなどが起きた場合にどちらかの肩を持つタイプには見えませんでしたから」

すると瀬古先生はわざとらしく咳《せき》払いをし、こんなことを訊いてきた。

「伊達さんは、デカケッターってご存じですか」

「あ……はい、聞いたことは」

その単語なら以前、康士の口から聞いた。ただ、具体的にどういったものなのかはいまでもよくわかっていない。そんなわたしの無知を見透かしてか、瀬古先生は続ける。

「一言で表すと、ユーザーがアカウントを通じてインターネット上に自由に短文を投稿できるサービスです。ひとつひとつの投稿は《つぶやき》と称され、元々は出かけた先からいまどこにいるとつぶやく目的で開発されたので、その名がついています」

康士の説明よりはまだ、想像できるような気がした。「それで、つぶやいたらどうなるのですか」

「各アカウントのつぶやきを閲覧することを《フォローする》といい、閲覧者は《フォロワー》と呼ばれます。そしてフォロワーは、閲覧したつぶやきにコメントを返すことができるのです。たとえばあるユーザーが『野球観戦をしに球場へやってきた』とつぶやいた場合、同じ試合を観戦していた者は感想を共有することができますし、たまたま双方が球場にいることがわかれば、せっかく近くにいるのだから会おうといった展開もありうるわけです」

ふむ。おそらく使いようによっては便利なものなのだろう。わたしがついていけない文明の進歩の大半はそうだ。

「でも、そのデカケッターがどうかしたんですか」

「実は学生たちのあいだで流行しているというので興味が湧いて、私も半年ほど前からデカケッターをやっており、気まぐれにつぶやいていたのです。まだ仕組みがよくわかっていないころに実名で始めたのですが、そのせいでアカウントが島先生に見つかってしまいましてね。デカケッター仲間ということで妙に親近感を抱かれ、以来しばしば飲みにいくような間柄です」

島先生がデカケッターをやるというのは、何となくイメージに合う。が、瀬古先生のほうは意外な感じがした。流行りものに飛びつくような人には見えなかったのだ。思ったことがわたしの表情に出てしまったのだろう、瀬古先生は渋い顔を作った。

「普段ならそうした流行には見向きもしなかったでしょうが、私にも人の感情というものがありますから。妻子が突然私のもとを去り、ありていに言えば寂しかったのです。ほんのなぐさみにでもなればと愚痴みたいなことをつぶやいていたら、知らぬ間に島先生がそれらをチェックしていました。いろいろと気を遣ってくれる彼のことを遠ざける理由はありませんでした。その後は実名を伏せるようにしましたから、私のフォロワーの中で現実でも付き合いがあるのは島先生ひとりのはずです」

演習室が近づく。わたしの一歩先を行く先生が入り口の扉に指をかけたとき、わたしはふと、その背中にある種の哀愁を見出してしまった。

――孤高などではない。この人は孤独だ。ただ、あまりにも不器用すぎてそれを打開する術を持ちあわせないのだ。

いつもの場所に腰を下ろした先生の前に持参したお弁当を広げ、わたしは過剰に明るく振る舞った。彼はおいしいと言ってお弁当を残さず食べてくれたし、お礼を述べることも忘れなかったが、心の底から喜んでくれたのかはわからなかった。そうであればいいな、と思いながらわたしは、早くも来週に向けてお弁当の中身をあれこれ考えていた。

こうなっては、認めざるを得ないだろう。

わたしはどうも、瀬古先生に惹《ひ》かれてしまったようなのだ。

5

「――どうだ、元気にやってるか」

自宅にて。電話越しに聞こえた伊達章三《しょうぞう》の声に、わたしはややぶっきらぼうに答えた。

「ええ、おかげさまで。お父さんはどう」

「忙しいよ、寝る間も惜しいくらいにな。ま、相変わらずってことだ」

デイト薬品の伊達章三といえば、財界で名を知らぬ者はない。一〇年ほど前に四〇代の若さで、国内大手の製薬会社の経営権を実父から譲り受け、現在も業界のトップに君臨して先代以上のやり手との評判をほしいままにしている。

もっともそうした鼻息の荒い男にとってはきわめてありがちなことに、章三は女癖が悪かった。長年の素行の悪さがたたって離婚が成立したのが一年と少し前。どうせ反省なんかしないのだろうと思っていたが一応の負い目は感じているらしく、わたしの冷ややかな態度にもめげることなく、時折こうして子の現況を知るための電話をよこす。

「そう言えば、今月分がまだだったみたいだけど」

昨日銀行に寄ったときのことを思い出し、わたしは言った。いまのところ章三は、学費や生活費をじゅうぶんにまかなえるだけのお金を毎月支払ってくれている。とはいえそれもいつまで続くかわからないので、わたしも自分の身は自分で立てていかねばと思うに至ったのだ。わたしももう、一家の大黒柱を欠いたからといってうろたえるような歳でもない。

返ってきた声は少しくたびれていて、眉間を揉むさまが目に浮かぶようだった。

「失念していたようだ。これぱっかりは、秘書に頼む気にもなれないのでな。明日、忘れず振り込んでおこう」

「お願いね。別に急がなくてもいいから」

「しかし何だ、早々に就きたい職業を定めて専念するのも悪くないが、これからどんな分野に興味が湧かないとも限らないし、選択肢を残しておくのもひとつの手だったと思うんだがな。父親と同じ道とは言わないまでも、我が子にはいい大学に入って、広い視野を持って勉強してもらいたかったものだが――」

「またその話」

うんざりして、わたしは章三の話を途中でさえぎった。子の選択を否定するわけではないというスタンスを取りながらもその将来について未練がましいことを言うのは、この春以降彼の口癖となりつつある。何しろ——経営者にはよくある話だそうだが——験担ぎなどを好む彼は、子の名前をつけるに際しても姓名判断を気にし、自分と同じ画数になるよう配慮したくらいだ。たったひとりの我が子に、父のようになってほしいと期待を込めていたのは明らかである。

「いいの、本人が満足してるんだから。それにうちの専門学校はバイトする余裕もないくらい勉強で忙しいんだよ。大学で四年間漫然と過ごすよりもよっぽど建設的じゃない。だいたい、父親が離婚の原因を作るような悪い見本だったからこそ、違う生き方を選んだとは考えられないの」

わたしがまくし立てていると、玄関のドアが開く音がした。

「あ、康士が来たみたい。もう切るね。それじゃ」

返事を待たず電話を切って、わたしは玄関へ向かった。

「いらっしゃい。ささ、座って。お腹空いたでしょう」

「うん、まぁな」

現れた康士の表情は心なしか硬かった。さしあたり気づかないふりをして、テーブルの向かいに座らせる。すでに夕食はできあがっていて、わたしはロールキャベツとオニオンスープをそれぞれ皿に盛りつけ、彼の前に並べた。

「ところで、東京行きの準備は進んでる？」

食事を開始するとまず、わたしは明るい話題を振ってみた。きたる一一月初旬の三連休、わたしと康士は東京に帰ることになっていた。康士がクラスの男友達に東京案内を乞われたからだ。いい機会なのでわたしもそれにくっついていくことにしたが、現地では別行動となる。いまさら康士と東京めぐりをしても仕方ない。それは康士も同じ気持ちだろう。

質問に対する康士の返事は煮え切らないものだった。

「別に、準備というほどのこともないから」

「……そう」

会話が続かない。わたしはそれきり、自分から声を発しなかった。康士が何か言いたそうにしていると感じたからだ。案の定、彼は大きめのロールキャベツをフォークとナイフで切り分けることに集中するふりをしながら、こちらも見ずに言った。

「学生たちのあいだで、妙な噂が立っているぞ」

「どんな?」わたしはフォークの先を下唇に当てる。

「瀬古先生に猛アタックしている学生がいるらしい、って話」

誰のことを指すのか把握している口ぶりだった。わたしは心もちあごを引く。

「週に一度、特訓をつけてもらっているうちに仲良くなったの。奥さんや子供と別居しているとかで、その辺の状況も共感できるものがあったし……でも、それだけ。やましいことがあるわけじゃないよ」

ところが康士は顔を持ち上げると、吐き捨てるように言った。

「やめとけよ。みっともないから」

カチンときた。叱《しか》られているような気がして下手に出たが、そもそも叱られるようなことは何もしていないのだ。

「ちょっとそれ、どういう意味よ」

「ひと回りも歳が違うんだぞ。だいいち、相手は妻子持ちじゃないか」

「言ったでしょう、別居中だって。先生は離婚するかもっておっしゃってる」

「嫁子供に逃げられるなんて、ろくな男じゃねぇよ」

「あなたに先生の何がわかるの。授業以外じゃ口利いたこともないくせに――」

「心配してるんじゃないか！」

康士は握っていたフォークをテーブルに叩きつけた。

その叫びにこもる切実さに、わたしはひるんだ。と同時に、康士の気持ちをうれしくも感じた。彼の優しさをヒステリックに突っぱねた自分を恥じ、彼がそうしてくれるように誠実に向き合わなければ、と思った。

「ありがとう。でも、瀬古先生とのことはわたしの好きにさせてほしい」

射るようだった康士の視線が揺らぐ。

「大丈夫、康士の心配しているようなことにはならないから。せっかく京都に来て自由になったんだから、いまは我慢したくないんだ。たとえばこれが最後の恋になったとしてもいい、後悔のないようにしたいんだよ」

「……この、わからずや」

康士は乱暴に立ち上がり、そのまま部屋を出ていってしまった。追いかけることはできなかった。わたしは知っていたからだ。彼の言葉はわたしに対する、彼なりの愛情表現であることを。それを拒んでしまった以上、わたしには彼に合わせる顔がなかった。

東京行きに暗雲が立ち込める。テーブルの上では飲みかけのオニオンスープが、小石を投げ込まれたみたいにゆらゆら揺れていた。

6

たったの七ヶ月かそこら、帰っていなかったに過ぎない。それでも秋深まる銀座の街角に立つと、どことなく懐かしい香りがした。

結局、東京へは予定どおり康士たちと来たものの、新幹線を降りるまでにわたしと康士は最低限の会話しかしなかった。それならいっそ出発から別行動でもよかったが、そうするための連絡さえも互いに取りたがらなかったのだ。康士は友達と二人で楽しそうにしゃべっていたし、わたしはひとりでも平気だ。ただ、事情もわからずわたしに気を遣う友達だけが何とも気の毒ではあった。

それからわたしは人と会うなどして過ごしていた。二日目の今日は高校時代の友人と銀座でランチをし、いましがた別れてきたところだ。夜には予定が入っているものの、それまではまだ時間がある。

涼しいけれど、陽射しはまぶしい午後だった。右手でまぶたに庇《ひさし》を作りながら、久々にデパートでもうろついてみようかしらなどと考えていると、背後から突然、声をかけられた。

「伊達さん」

振り返って、心臓が止まるかと思った。

太陽の光を背に受けて、瀬古先生が立っていたのだ。

「奇遇ですね。こんなところでお会いできるとは」

先生はいつになく無邪気な顔で予期せぬ邂逅《かいこう》に驚いていたが、わたしからしたら奇遇なんて言葉で済ませられるものではない。偶然か必然かの区別さえつけられず、口をぱくぱくさせていると、瀬古先生は苦笑した。

「怖がらないでください。誓って私はストーカーなんかじゃない。あなたを追って東京へ来たわけではありません。まぁ、あなたが今日、東京にいることは知っていたので、一〇〇パーセント偶然かと問われると微妙なラインですが。それにしても、本当に出会うなんて思いもよらなかったことは確かです」

そう言えば前回の特訓で、東京に行くという話をしたかもしれない。移乗動作の特訓といっても学ぶことは有限なので、最近では特訓とは名ばかりの雑談に終始してしまうことも少なくなかった。

怖がってなどいない。むしろこの大都会東京で、約束もなしにめぐり会えた奇跡をわたしは喜び、運命などという過度に感傷的なフレーズすら思い浮かべて悦に浸っていた。

しかし先生は、そんなわたしを瞬時に現実へ引き戻す。

「このところ、月に一度は東京へ来ているんです。いろいろと、解決しなければならない問題もあるので。その件に関しては、今日はもう済んだのですが」

解決しなければならない問題。言うまでもなく家庭のことだろう。その《解決》の意味するところが復縁なのか離婚なのかはわからなかったが、どちらにしてもあまり聞きたい話ではなかった。わたしは会話を進める。

「これからどこへ行かれるんですか」

「時間もあることですし、銀ブラと洒落《しゃれ》込もうかと考えていたところです。伊達さんは?」

わたしもその辺をブラブラするつもりだったので、似たようなものです、と答えた。

すると先生は、にっこりと笑って言った。

「では、一緒にお茶するとしましょうか」

わたしは慌てた。お誘いはむろんうれしかったが、学外で会うことを禁じた規則が気になったのだ。ところが先生は悪びれる様子もなく、

「やむを得ません。それに、まさか東京で誰かに見つかることもないでしょう」

そう言うなりすたすたと歩き出す。わたしは断る機会も与えられないまま――そうするつもりもなかったが――先生の三歩後ろを黙ってついていった。

入ったのは、カフェを《カフェー》と表記する、クラシックな雰囲気が歴史を感じさせるカフェだった。革張りのソファーに向かい合って腰を下ろすと、先生はメニューを手に取り真剣に見入る。

程なく店員が注文を取りにきた。先生はメニューを指差して、

「こちらのコーヒーを――」

そこでようやく、わたしがいたことを思い出したようにこちらに目を向けた。《あなたはどうしますか》と訊ねているのだ。しかしどうするも何も、わたしはメニューを受け取っていない。

仕方なく、わたしは首を縦に振った。先生は店員にピースサインを向け、二杯、と告げて注文を完了した。

しばしたわいもない会話に興じていると、コーヒーが運ばれてきた。先生はその香りを嗅《か》いで、じっくり一口味わったあと、こんなことを言った。

「特訓の成果が出ているようですね。最近のあなたは、私から見ても非常に手際よく、上手にこなせるようになったと思います」

「ありがとうございます。先生のおかげです」

「もう、私が教えるべきことはないでしょう。特訓は、終わりにしてもよいのではないでしょうか」

返答に窮した。やはり先生はわたしのことを、手間のかかる学生としか見ていなかったのだろうか。当たり前のことなのに、落胆してしまう。

わたしはコーヒーを口に運ぶ。いつもより苦く感じられた。

「……それは、寂しいです」

困らせるだけと知りつつ、わたしは本音をこぼすことしかできなかった。けれども先生は優しかった。わずかな痛みさえなくわたしを車椅子から抱きかかえたときの感触にも似た、柔らかな笑みをたたえて言った。

「私も、伊達さんのお弁当が食べられなくなるのは残念です。あなたの作る料理はおいしいから」

そのまま静かに心をゆだねていれば、痛みは最小限で済んだのだ。わかっていながらわたしは、自分を包む優しさの中でも暴れてしまう。

「先生は、ひと回りも歳の離れた女は嫌ですか」

さすがの先生も、これには眉をひそめた。しぼり出した声はこわばっている。

「正気ですか。私は妻帯者ですよ」

「いまはわたしのほうがよっぽど、奥さんが先生にしてあげるべきことをしています」

わたしは食い下がる。先生は逃げようとしている。けれどもわたしは、ほんの一端でもいいから先生の気持ちが知りたかった。

次にコーヒーを飲んだとき、すでに先生の声は落ち着いて、動揺を克服したかに見えた。

「世間の目は、想像以上に冷たいものです。私なんかに熱を上げれば、あなたが損をするだけですよ」

「そんな言葉が聞きたいんじゃない！　わたしはただ、先生の気持ちを――」

「何とも思っていなければ」

息を呑《の》む。その瞬間、わたしは悟った。

動揺を克服したんじゃない。先生は、腹をくったのだ。

「何とも思っていなければ、たとえこのような場所であっても、あなたのことを誘うと思いますか。見つかれば職を失うかもしれない、そんなリスクを冒してまで」

優しく抱きかかえるようだった笑みに代わって浮かぶ、その真剣な面持ちにわたしは、強く抱きしめられたときのような息苦しささえ覚えた。

コーヒーを飲み終えるまでわたしは一言も発することができず、決まり悪そうに携帯電話をいじる先生をぼうっとながめているしかなかった。


店を出たときにはすでに午後四時を回っており、カフェの前を走る道路には西日が射していた。横顔を照らされて目を細めていると、

「あっ！」

先生が短く叫び、わたしをそばの路地へ引っ張り込んだ。

「どうなさったんです」

突然の事態に面食らい、わたしは訊ねる。先生は痛恨の極みといった様子で答えた。

「すぐそこに、うちの学生が二人いました。たぶん見られたと思います」

「うちの学生……まさか、康士」

「え？　あぁ、言われてみれば片方は彼でした。それじゃ、一緒に来てたんですね」

まずいことになったな、と先生はつぶやく。学外で講師と学生が会うのは規則違反

だ。カフェから出るところを見られたのなら、たまたま出会ったのだと事実を話したところで誰が信じてくれるだろうか。まして、ここは京都ではなく東京なのだ。

せめて、康士らと来ていたことを先に伝えておけばよかった。それなら先生も警戒し、お茶をしようとは言い出さなかったかもしれない。康士との関係がぎくしゃくしていたことも災いした。まめに連絡を取り合っていれば、彼らの現在地を把握することも可能だった。よりによって、同じ銀座にいるなんて。

すでに広まっているという噂の続報となれば、すぐにでも学生たちに知れ渡ってしまうに違いない。規則を破ったことが他の先生の耳に入るのは時間の問題だ。学生のわたしはまだいい。処分といってもたかが知れている。だが、瀬古先生はかなり厳しい局面に立たされるだろう。

泣きそうになる。するとそんなわたしの肩に、瀬古先生が手を置いた。

「あなたの働きかけで、彼らの口止めをすることはできますか」

先日、康士が家に来たときのことを思い出し、わたしはかぶりを振った。

「残念ですが、難しいと思います」

「そうですか。わかりました」

しかし、先生の言葉は力強かった。わたしの両目をじっと見つめたままで、大丈夫、と言ってくれたのだ。

「考えがあります。おそらく何とかなるでしょう。どちらにしても私から誘ったのだから、あなたは何も気にしなくていい。ただし、今日私と会ったことは誰にも他言せず、また誰に問いただされても決して認めないでください」

わたしはこくこくとうなずいた。先生も一度だけうなずき返し、では、と言って立ち去る。これ以上、一緒にいるところを見られると取り返しがつかなくなるからだろう。

わたしは先生の去ったほうに背を向けて、暮れる銀座の街を歩き出す。折しも振動したスマートフォンをバッグから取り出し、届いたメールをチェックしたときわたしは、先生の見間違いであったなら、という一縷《いちる》の望みが砕け散る音を聞いた。

康士からのメールには一言、《帰りは別で》と記されていた。

7

ジョギング中の女性が息を弾ませ、右から左へ通りすぎていく。

三連休が明けた日の放課後、わたしは学校から程近い、賀茂川沿いの遊歩道に設置されたベンチに腰かけて、ゆったりと流れる川のきらきら光る水面をながめていた。

今日の講義は四限までだったので、四時過ぎにもわたしは、解放された身を上流から吹く風にさらしながら考えごとにふけることができた。

贅沢に幅を取って設けられた遊歩道にはこの時間、軽い運動をする若者や自転車を駆る小学生の集団、睦《むつ》まじく身を寄せ合う学生カップルなどが、沈みゆく太陽を惜しむように集まってくる。青春を謳歌する姿は一様にまぶしく、わたしはふと、彼らの目に自分はどのように映るのかということを想像した。

対岸に見える並木の裏にあるのは府立植物園だったか。特別な人と見たならきっと、どんな花だって美しいに違いない――そんなことを思いながらため息をついたとき、隣の空いたスペースに突然、誰かが腰を下ろした。

「何ため息なんかついてんの。嫌なことでもあったんか」

声のしたほうに首を回す。

「――藻川さん」

薄情なものだ。お礼に行くと言っておきながらわたしは、その後のいろいろな出来事に右往左往するうち、いつの間にかこの親切なおじいさんのことを忘れてしまっていた。顔を見るのも、言葉を交わすのもあの朝以来、およそ二ヶ月ぶりのことである。

「こんなところでお会いできるとは思いませんでした」

「言うたやろ。この辺には仕入れでしょっちゅう来てんねん。そしたらあんたがおるのが見えたから、立ち寄ってみたんや」

前回と同じく車で北大路周辺を走っていたのなら、たとえ沿道や橋の上からでも、この広々とした河原にいるわたしを視認するのは難しかっただろう。何となく、このあたりはおじいさんがよく息抜きに来る場所なのかもしれないな、と思った。

「ほんでため息の理由は何や。あれか、やっぱり男か。そんならわしが相談に乗ったるで」

何せわしは、こと恋愛に関しては大国主命《おおくにぬしのみこと》にも引けを取らんしな。藻川さんはそう言い、呵々《かか》と笑った。大国主命と言えば、京都でも最古の縁結びの神社として知られ、境内には《恋占いの石》なる守護石もある、地主神社《じしゅじんじゃ》の主祭神だ。少し前に、わたしはそこを訪れたばかりだった。

縁結びの神様を引き合いに出すとは怖いもの知らずのおじいさんだ。が、わたしの考えごとの内容は、それとは少し趣を異にしていた。

「男っていうか、それも大いに関係があるのですけれど。わたしがため息をついた直接の原因はそうじゃなくて、不思議というか不可解というか、気になっていることがあるんです。でもその性質上、身近な人に相談するわけにもいかなくて——」

と、そこまで一息にしゃべったところでわたしは、耳を傾けてくれているおじいさんの顔をまじまじと見つめた。

どんなに信頼すべき相手であろうとも、学校関係者には打ち明けられない。けれども藻川さんにならい、話してしまってもよいのではないか。自分よりはるかに年上のおじいさんにすっきり説明をつけてもらえるか、そもそも事情を呑み込んでもらえるかも定かではないが、少なくとも話したぶんだけすっきりするかもしれない。

「藻川さん。わたしの話を聞いてくれますか」

彼のほうに身を乗り出して、わたしは言った。すると藻川さんはおもむろに立ち上がり、回れ右して歩き出してしまう。

「ちょっと。どこへ行くんです」

たまらず呼び止める。藻川さんはこちらを一度振り返ったのち、正面をあごでしゃくった。

「ついておいで。そういう話にうってつけの者がいんねん。いまから紹介したる」

乗り込んだ藻川さんの車は、とあるマンションの前で止まった。目的地はここではなく、自宅に車を置きにきただけだという。

それから藻川さんの先導にしたがって、裏手の通りに面した二つの古い家屋の隙間を抜けると、タレーランという名の古風な喫茶店が姿を現した。それを見てわたしは、藻川さんが市内で喫茶店を経営していると話していたことを思い出した。ここだったんですね、と確認したわたしに彼はこっくりうなずき、重そうな扉を開けてわたしを中へ招き入れた。

「いらっしゃい——あら、お帰りなさいおじちゃん。その方は？」

店番をしていたのは、小柄でかわいらしい二四歳の、女の子と呼びたくなるような女性だった。名前を美星ちゃんといい、この店の《バリスタ》を務めているらしい。わたしはバリスタという言葉にあまりなじみがなかったが、コーヒーの専門家みたいなものだという美星ちゃんの説明でひとまず理解したことにしておいた。

「なんやようわからんことがあんのやって。ちょっと話、聞いたげて」

藻川さんは美星ちゃんにそう言いおいて、わたしをカウンター席に座らせた。自分はさほど興味がないようで、わたしたちから離れてフロアの隅にある椅子に腰を下ろす。

「そういうことでしたか。私、おじちゃんがまたナンパしてきたのかと思ってドキッとしちゃった」

カウンターの内側で、美星ちゃんは人好きのする笑みを浮かべる。わたしは彼女に顔を近づけ、ひそひそ声で訊ねた。

「またってことは、藻川さんっていつもそうなのね」

「ええ。特に若い子には目がなくて、街ですれ違ったら見境なく声をかけるんです。数年前に奥さんを亡くしてからの悪癖なんですけど、恥ずかしいのでおじちゃんとは一緒に外を歩きたくなくて……あら、私の愚痴を聞きにいらしたのではありませんでしたね」

美星ちゃんは話の脱線を詫び、相談の内容を語るように勧めた。

言われるがまま、わたしはまずこの二ヶ月のことをかいつまんで話した。テストの点が悪くみずから特訓を志願したのを機に、瀬古先生と親しくなったこと。瀬古先生には島先生という仲の良い同僚がいる一方、わたしの担任である佐野先生にはよく思われていないこと。学外で講師と学生が会うのは規則で禁じられていること。銀座で偶然瀬古先生に出会い一緒にコーヒーを飲むも、カフェを出たところをクラスメイトに目撃されてしまったこと——その間美星ちゃんは口をはさまず、ただハンドミルで黙々とコーヒー豆を挽《ひ》いていた。

「そして話は今日に至ります。不安を抱えて登校したわたしは、昼休み、瀬古先生の様子を見にいってみることにしました。すると職員室のそばの廊下で、佐野先生が瀬古先生に詰め寄っているのを見かけたのです」

とっさにわたしは手前の角に隠れ、二人の会話に聞き耳を立てた。二人は声をひそめていたことから一応、他の職員には聞こえないよう話をしているらしかった。

「学生から聞きましたよ。校外で、伊達さんと会っていたそうですね」

佐野先生の言葉にわたしは頭を抱えた。やはり、噂はすでに広まっているらしい。

康士が内緒にしておいてくれるのではとの期待もわずかに抱いていたのだが、彼が積極的に触れ回ったとは思えないにせよ、居合わせた友達の口止めをするまでには至らなかったようだ。以前わたしの部屋に来た際の彼の態度を思えば、それも無理からぬことだった。

「何のことです」

瀬古先生はしらばっくれたものの、佐野先生はそれを一笑に付す。

「とぼけたって無駄です。先の三連休の中日の午後四時ごろ、二人を見かけたという学生がいるんです。それもなんと、銀座にある喫茶店から出てくる二人の姿を。遠隔地なら誰にも見られないと思ったのかもしれませんが、不運でしたね。一緒に遠出したとなれば、これはもう大問題ですよ。単なる規則違反どころでは済まされません」

責任を追及するにしてはどこか弾んだ口調で、まるで勝ち誇るようである。わたしは佐野先生に軽蔑《けいべつ》の念すら抱いたが、いずれにせよ規則を破っているのはこちらなので分が悪い。壁にもたれながらわたしは、瀬古先生の行く末を案じ、うなだれていた。

ところが瀬古先生が次に放ったのは、思いもよらぬ反論だった。

「その日なら、私は京都にいましたよ。学生の見間違いではないですか」

「は」佐野先生の声は、真実を知るわたし以上にとまどっているようだった。「よくもそんな嘘をいけしゃあしゃあと。証拠はあるんですか」

「これを見れば、わかっていただけると思うのですが」

瀬古先生は、何かを差し出したらしかった。そして数分後、角にたたずむわたしの目の前を、顔を真っ赤にした佐野先生が足早に歩き去っていったのだ。

「――そのとき瀬古先生が証拠として示したのが、これなんだそうです」

わたしが取り出したスマートフォンの画面に、美星ちゃんは顔を近づけて言った。

「デカケッターですね」

佐野先生がいなくなった直後、わたしは瀬古先生のもとへ行き、何があったのかを訊ねた。先生はまわりに誰もいないのを確認したあとで、佐野先生に見せたのと同じスマートフォンの画面をわたしにも見せながら、デカケッターを用いてアリバイを作った旨を簡潔に説明した。ただし、わたしがボロを出してしまうことを懸念し、手口までは教えてくれなかった。さらに特訓は当分中止にするとも言われ、わたしは受け入れるしかなかった。

特訓の中止はやむを得ない。その点はわたしも納得している。しかし話を聞く限り、間違いなく東京で会ったはずの瀬古先生が、京都にいたことになっているのには混乱した。それに何より、わたしは瀬古先生のアリバイが偽りのものであることを知っている。何かの弾みに、先生の嘘が露見してしまうのではないか――そんな不安が膨張するのを、真実を把握しないままでは抑えることができなかったのだ。

わたしはさっそく講義室にいた康士を捕まえ、スマートフォンでデカケッターを使えるようにしてほしいと頼み込んだ。目的までは話さなかったので、彼はぶっきらぼうながらも手際よくわたしの依頼を実行し、簡単な使い方を教えてくれた。そこで彼と別れたわたしは、瀬古先生のスマートフォンの画面を見た記憶をもとに彼のアカウントを探り当て、こうして自分のスマートフォンに表示させることに成功した。が、結局アリバイをでっち上げるために瀬古先生がどんな魔法を使ったのかはわからず、河原でひとりため息をついていたのである。

「瀬古先生は、涼子さんに手の内を知らせないほうがいいと考えて、みなまで明かさなかったようですが……いいんですか。それを私に解明させてしまって」

美星ちゃんはそんなことを心配する。解明できることが前提とは、見た目によらず自信家のようだ。

「大丈夫。本当のことを知っていたほうがわたし、ぎこちなくならずに済むと思うんです」

わたしは迷わず首を縦に振り、続けてこんな質問をした。

「美星ちゃんは、デカケッターについて詳しくご存じ？　使えるようになったとはいえ、わたしは機械オンチだから、まだデカケッターがどういうものなのかいまいちピンときてなくて。それじゃあ瀬古先生の用いた手口なんてわかりっこないですよね」

美星ちゃんは頰に人差し指を当て、私もやったことはないんですけど、と前置きする。

「ユーザーはアカウントを作成し、それにログインすることでデカケッターを利用できます。アカウントの作成にはログイン時に必要となるパスワードと、ユーザー名およびアカウント名を設定しさえすればいいみたいですね」

瀬古先生のアカウントが表示された、わたしのスマートフォンの画面を指差しながら、美星ちゃんは説明していった。瀬古先生の場合は《@shu-seko》というのがユーザー名、《セコシュー》というのがアカウント名にあたり、これらはいったん設定したあとも任意に変更できるそうだ。ユーザー名とパスワードを用いてアカウントにログインするという性質上、ユーザー名は他のどのアカウントとも異なるのだという。

「それで、瀬古先生はこのアカウントでどうやってアリバイを証明したのですか」

美星ちゃんの問いに、わたしは画面をスクロールしながら答える。

「わたしと先生が銀座で会った日、京都駅の大階段にあるステージで、アイドルがイベントをやっていたそうなんです」

室町小路広場ですね、と美星ちゃんが言い添える。ちょっとしたイベントスペースになっており、観客は階段に腰かけてステージを観ることができるのだ。

「そのアイドルを見かけた瀬古先生が、写真を撮ってデカケッターに投稿したことになっているっていうんです」

「あぁ、そのイベントなら知ってるわ」藻川さんが割り込んできた。わたしたちの話を、聞くことは聞いていたらしい。「わしも観にいったもん。あの子らが京都駅でイベントやったの初めてやから、その日以外に写真撮るのは無理やな」

「へぇ、京都駅にいたのね。どうりで営業中なのに、全然帰ってこなかったわけだ」

美星ちゃんがきつくにらむと、藻川さんは口をつぐんだ。一瞬にして、わたしはこの店の力関係を理解した。頰が引きつるわたしのことは意に介さず、美星ちゃんは本題に戻る。

「でも、それだけならアリバイにはなりませんよね」

「どうして？」

「京都駅でのイベントの模様をネット上にアップした人は、おそらく他にもたくさんいたでしょう。その中から適当なものを保存して、さも自分が撮影したかのように投稿すればいいのですから。あるいは協力者がいるのなら、イベント開催中の京都駅に急行して写真を撮ってもらったのち、ユーザー名とパスワードを教えることで、瀬古先生のアカウントから写真を投稿してもらうという方法も可能です」

「佐野先生も、そのような反論はただちに試みていたようでした。ところが画像の投稿日時によって、それらは意味をなさなくなるんだそうです」

わたしは問題のつぶやきの投稿日時を指し示し、美星ちゃんがそれを読み上げた。

「午後二時三分……」

「はい。そもそもこのイベントが開催されたのは、午後二時から三時までのあいだでした。一方、わたしと瀬古先生が銀座で会ったのがたしか午後三時ごろ。カフェを出たところを目撃されたのも、四時を少し回ったあたりだったはずです」

「そうでしたか……ならばこのつぶやきは、アリバイとして使えますね。デカケッター の投稿時刻はシステム側で管理されていて、ユーザーに操作することはできませんから」

呑み込みの早い美星ちゃんに対し、藻川さんは釈然としない様子で嚙みついた。

「何でなん。さっきあんたが言うた方法、ひとつも否定できてないやんか。他人の写真を使うっちゅうのも、誰かに投稿してもらうのも」

「いいえ。単に実行可能か否かという観点なら、たしかに私が説明した方法は可能だった。でも今回、瀬古先生がアリバイを確保しなければならない状況に陥ったのは、偶然に偶然が重なった結果だったということを忘れないで」

どういうこっちゃ、と藻川さんは問う。

「要するに午後二時三分の時点では、瀬古先生が画像や協力者を用意してまでこの投稿をする必要はまったくなかったということ。もちろん東京へ行くために訪れた京都駅で、イベントを見かけて何気なく投稿したということはありうるでしょう。でもそれは、時間の関係から明確に否定されるの」

午後二時三分に京都駅にいた人間が、午後三時には銀座で教え子をお茶に誘っているなどということは、いかなる交通手段によっても不可能だろう。つまり画像を投稿した段階で、瀬古先生には何らかの作為があったということになる。

「そんなら最初から、先生はあんたについて東京へ行ったんちゃうか。クラスメイトも一緒やって知ってたから、見つかったときに備えて保険をかけておいたんやろ」

藻川さんの反論はなかなかに鋭く、もし同じことを佐野先生が指摘していたら、果たして瀬古先生は無事にかわすことができただろうかと思う。

けれどもわたしは、美星ちゃんに先んじて口を開いた。

「それはないと思います」

「何でやの」

「カフェを出たところを見られたときの瀬古先生の反応は、とても事前に手を打っていたとは思えないものでした。普段あまり感情を表に出さない方だからこそ、あの慌てた様子が演技なんかじゃないって、わたし確信をもって言えるんです」

「そんなことでは納得でけへん。先生がストーカーまがいのことしたんやったら、何としてもそれを隠したがるのは当然やんけ」

藻川さんはなおも食い下がったが、

「そうまでして東京で涼子さんに会ったのに、カフェで告げられたのが特訓を打ち切る旨だけだったというのは変じゃないかしら。だいいち、先生が事前に手を打っておいたうえで涼子さんの跡をつけていたのだとしても、誰かに目撃される時間までコントロールできるわけじゃないんだよ。たとえば涼子さんのお友達とのランチが長引くなどして、二人が目撃されたのがもう一時間ほどあとになっていたとしたら、二時ごろの投稿なんて何の証明にもならない。その間に、京都から東京まで移動できてしまうのだから」

美星ちゃんの援護射撃によって、ようやく黙った。

それから美星ちゃんはわたしのスマートフォンを操作して、瀬古先生の過去のつぶやきをたどっていった。最初のつぶやきは今年の一月ごろで、専門学校に関することのほか、取るに足りない独り言などが見られるものの、総数はわずかに一〇〇を超える程度だ。これは、継続してデカケッターを利用しているユーザーとしてはかなり少ないほうらしい。

「フォローしているアカウントや、フォロワーも少ないみたいですね。この中に、先生と実際に親しい方はいらっしゃいますか」

彼女の言うとおり、瀬古先生がフォローしているのは著名人のアカウントなども含め三〇人ほど、フォロワーに至ってはたったの一〇人しかいなかった。わたしは先生がフォローしているアカウントのうちのひとつを指差して言う。

「瀬古先生は、現実にも付き合いがあるのはひとりだけだとおっしゃっていました。それがこの、同僚である島先生のアカウントです」

島先生は、下の名前を善郎《よしろう》という。そのアカウント名はシマシマヨシヨシ、ユーザー名は@shima2-yoshi2となっていた。内容は瀬古先生と似たり寄ったりで、専門学校に関するぼやきやどうでもいい愚痴なんかがほとんどだ。つぶやきの数は瀬古先生のアカウントの一〇倍もあり、過去のつぶやきをさかのぼるにもすごく時間がかかるので、美星ちゃんは途中でやめてしまった。

「二人は以前から同僚でしたが、デカケッターをきっかけに仲良くなられたんだそうです。相互にフォローしていることはわたしも確認済みです」

補足すると、美星ちゃんは目の色を変えた。

「銀座で瀬古先生はあなたに、『考えがあります』と言ったんですよね」

「えぇ。その時点で、デカケッターを使ってアリバイを作る方法を考えついていたんだわ」

「もしかしたらその少し前、先生はスマートフォンを触っていたのではないですか」

「え？　あぁ、そう言えばカフェで二人の会話が途切れたとき、スマートフォンを見ていたのを覚えています」

美星ちゃんは満足げに微笑んで、カウンターに置きっぱなしになっていたミルの下部の引き出しを開け、豆の香りを嗅いでから言った。

「その謎《なぞ》、たいへんよく挽けました」

瀬古先生のやったことがわかったというのか？　ぽかんとしていると、美星ちゃんはぽっと顔を赤くした。どうしたんだろう。まさかいまの台詞が、自分で言っておいて恥ずかしくなったのだろうか。

コホンと咳払いをして、美星ちゃんは挽いたばかりの豆でコーヒーを淹れ始める。

「結論から言います。瀬古先生は、島先生とデカケッターのアカウントを丸ごと交換したのです」

「交換？」わたしは首をひねる。

「瀬古先生はあなたといるところを教え子に目撃される前、おそらくはカフェにいるときにでも、島先生が京都駅のイベントの模様をデカケッターに投稿したのを見ていたのでしょう。そこでいざアリバイ工作が必要となるにあたって、その投稿が使えると考えた。単に一緒にいたと島先生に証言してもらうのでは、仲の良い同僚をかばっているようにしか見えませんが、デカケッターのつぶやきがあれば動かぬ証拠となりますからね」

だから彼女はさっき、瀬古先生がスマートフォンを扱っていなかったかと訊いたのか。デカケッターを閲覧したのが直前であればあるほど、アリバイをこしらえるという発想に結びつけやすかっただろう。

「お聞きしたところ島先生は一度瀬古先生をかばっていますし、瀬古先生に『クビがかかっているから協力してくれ』とでも言われれば断らなかったのではと思います。二人はまずアカウントを交換すべく、それぞれのユーザー名とアカウント名を入れ替えました。と言っても厳密にそのまま入れ替える必要はなく、いかにも当人のアカウントらしく見えるものにすればじゅうぶんだったでしょう。それらはいつでも任意に変更できるものですからね。次に、島先生の過去のつぶやきから専門学校に関するものなどを残しつつ、瀬古先生がつぶやいたとすると明らかに不自然となるものを削除します。つぶやきの総数が少なかったのは、それだけ多くのつぶやきを削除せざるを得なかったからでしょう。場合によっては、フォローしているアカウントなども調整したかもしれませんね」

最後に美星ちゃんは、一番古いつぶやきの投稿日時によって証明できるかもしれない、と付け加えた。言われてみれば瀬古先生は先月の時点で、デカケッターを始めたのが半年前だと言っていたから、最初のつぶやきが今年の一月というのは若干計算が合わない。あらためてわたしが島先生のものらしきアカウントを調べると、最初のつぶやきは今年の四月だった。やはり、こちらが元々瀬古先生のアカウントだったと見て間違いなさそうだ。

「デカケッターについて知識が不十分なわたしには考えも及ばなかったけど、いざ教わってみると意外なほど単純で大胆な手口なのね」

自分なりの理解度でもわたしはすっきりすることができたが、美星ちゃんは対照的に顔を曇らせている。

「考えられた方法だとは思います。しかし、私がたったこれだけの時間で看破することができたのです。デカケッターでは匿名性が保たれますから、本人たちが気づいていないだけで、かねてよりお二人のアカウントを閲覧していた学校関係者がいないとも限りません。もし佐野先生が今後も執着心をもって調査にあたられたとしたら、いつまであざむき続けることができるかは疑問です」

そう告げて、彼女はわたしに淹れたてのコーヒーを出してくれた。気をつけたほうがいいと忠告してくれたのだろうが、あいにくわたしにはいかなる対策もない。口をつけたコーヒーの味は銀座で飲んだものと同じくらい苦く、わたしはせめて笑い飛ばしてくれないかと藻川さんを振り返ったものの、彼もまたコーヒーに負けず劣らず渋い顔をしていた。

8

美星ちゃんの不安は的中し、瀬古先生の嘘はひと月ののちに暴かれてしまった。

学生の中にひとり、瀬古先生が実名でデカケッターをやっていたころにアカウントをフォローしていた者がいた。それがある日突然、島先生のものとおぼしきアカウントになり変わったので、不可解だと周囲の友人に洩らしていたのを佐野先生が聞きつけたそうである。

規則を破ったのみならず、その事実を隠蔽《いんぺい》しようとしたことが明るみに出て、瀬古先生の立場は非常に悪くなった。一度はわたしも非難の矢面に立たされそうになったが、瀬古先生が自分から誘ったと主張するとともに学生を守るための規則であることを強調し、いわばわたしをかばってくれたので、処分は口頭での注意にとどまった。島先生の協力についても、瀬古先生は無断でアカウントを乗っ取ったことにして押し切ったらしい。

瀬古先生に厳しい処分が下されることはもはや避けようがなかった。その原因を作ったのは、まぎれもなくわたしなのだ。直接とやかく言ってくる人こそいなかったものの、わたしは針のむしろに座る心境で通学を続け、間もなく学校は冬休みを迎えた。

一二月二四日。世間では今日をクリスマスイブといい、本校では年内最後の講義がおこなわれる日である。

放課後、わたしは職員室の前まで行き、瀬古先生が現れるのを待った。話がしたかったが、あんなことがあったあとで職員室に入るのはさすがにためらわれたのだ。

しばらく壁にもたれていると、瀬古先生が職員室から出てきた。彼はわたしの顔を見ても、わずかに眉を持ち上げただけだった。この何ヶ月かの出来事がすべて幻だったように感じられるくらい、あっさりとした反応だった。

「瀬古先生。話があるんです」

呼び止める声は、自分でも情けないくらい震えた。先生は目を逸らし、ぼそっと言う。

「賀茂川沿いのベンチで聞きましょう。先に行って、待っててくれますか」

「えっ――だって、校外で会うのは」

「いいんです。もう」

その一言で、わたしは先生に下された処分の内容を察した。講師の交代により学生たちに混乱が生じるのを避けるため、今年いっぱいは処分を先延ばしにしていたのだろう。

涙がこみ上げそうになったので、わたしはうつむいて了解の意を示し、先生に背を向けた。校舎を抜けて校門へ向かう足取りは、知らぬ間に駆けるようになっていた。

かじかむ指でスマートフォンを触ったりしながら、薄暗い寒空の下を三〇分も待ったところで、川の上流のほうから瀬古先生がやってくるのが見えた。

バッグのほかに、何か大きなものを携えているのが遠目にも見て取れた。近づくにつれ、それはひと抱えもある花束であることがわかった。

「どうしたんです、それ」

その存在を無視して本題に入るのは難しい。わたしが花束を指差すと、先生はそれをこちらに差し出して言った。

「クリスマスプレゼントです。荷物になって申し訳ないのですが、よかったら受け取ってください」

「わたしに？　わざわざ用意してくれたんですか」

「はい。ですから先ほどは私も、ちょうど伊達さんを呼びにいくところだったのです。あなたのほうから来てくれたので、手間が省けました」

「そうでしたか。にしてもこれ、立派ですねぇ」

「今朝学校に持ってきて、いつもの演習室に置いておいたのですが、さいわい誰にも見つからなかったようです」

隣に腰を下ろし、先生はいたずらっぽく笑う。よくもこの大変なときに、こんなキザなことをする気分になれたものだ。わたしのそんな呆《あき》れはしかし、花束を受け取った瞬間のうれしさに埋没してしまった。

「……わたし、先生に謝らなきゃと思って」

ひざの上に載せた花束を見つめながら、わたしは言った。

「元はといえばわたしが特訓してくれなんてワガママを言ったせいで、先生は結果的に職を失うことになってしまって……何とお詫びしてよいものか、全然わからないんです」

すると先生は思いがけないことを口にした。

「規則を破ったことで私がクビになったとでも思っているのなら、それは大きな誤解です。処分は三ヶ月の減給に過ぎませんでした」

「えっ。でもさっき、もう校外で会ってもいいんだって」

「私のほうから、辞職願を出したのです——この街を去ることになりました」

そのときわたしの頭の中に響いた音を、何と表現すればいいだろう。グラスを落として割ってしまったときとも、運転する車を電柱にぶつけてしまったときとも似て非なる、衝撃的で悲劇的な音だった。

「妻と話し合い、再び家族で一緒に暮らそうという結論に至りました。妻は働き始めたばかりなので、私が仕事を辞めて東京へ行くことにしました。理学療法士の資格や実務経験があるから再就職先も見つかるのでは、といういささか甘い期待があることも理由のひとつです。新人のころの実務経験は私の自信を損ねましたが、さりとて専門学校の講師もついに向いているとは思えませんでした。要するに、潮時だったのでしょう」

後ろめたいことなど何もないはずなのに、先生はいつになく饒舌《じょうぜつ》に、頼んでもいない釈明を重ねる。

「そういうわけですから、伊達さんにお会いするのもおそらく今日が最後です。思い返せばあなたには、いろいろお世話になってしまった。あなたに愚痴を聞いてもらったことで、私は自分の気持ちに整理をつけ、膠着《こうちゃく》状態から一歩進むことができたのです。それに、あのお弁当。いつも、とてもおいしかった」

ありがとうございました、と先生は頭を下げる。違う。お世話になったなんて嘘だ。家庭の事情を打ち明けたのも、手作りのお弁当を食べたのも、突っ走るわたしに先生が付き合ってくれただけなのだ。それればかりかわたしは、規則を破って学校を去った講師という汚名を、瀬古先生に着せてしまった。

何も言えずうなだれているわたしを見て、先生は返事を聞くのをあきらめたらしい。ベンチを立ち、お元気で、と最後に告げて、瀬古先生は去った。足音が遠ざかっていくあいだも、わたしは一度として先生のほうを見なかった。せめて別れの姿を焼きつけたいと思うのに、体が凍りついたようにまったく動いてくれなかった。

真冬の宵の冷えきった空気は、プレゼントの花や葉さえ枯らしてしまうのではと思うほどだった。その感覚もしだいに薄れ、どのくらいの時間が過ぎたのかもわからなくなりかけたころ、ふいに体を強く揺すられた。

「こんなところで何してんの、風邪引くえ!」

闇にまぎれて焦点がうまく合わなかったが、それはたしかに藻川さんの声だった。どうして彼がここにいるんだろう。だが、もうろうとした意識ではそれ以上のことを考えられない。

「何や胸騒ぎがする思って来てみたら……あぁ、ほっぺた氷みたいに冷たなってるやん。うちの店おいで、すぐに温かいもん飲ましたるからな」

藻川さんはそう言ってわたしを立たせ、肩を抱いて車へ連れていった。そこからは少し記憶が途切れ、それでも花束だけはしっかり握って放さぬまま、気がつくとわたしはタレーランのテーブル席に腰かけていた。

9

「……フランシスコ・パリエッタ」

気つけにとコーヒーではなくホットブランデーを出してくれた美星ちゃんは、わたしが隣の椅子に置いた花束を見るなりそう言った。ブランデーを一口含みほっとして、わたしは訊き返す。

「パリエッタ？」

「現在世界一のコーヒー豆生産国であるブラジルに、コーヒーノキを持ち込んだとして著名な人物です。——瀬古先生は、銀ブラと称して銀座のカフェーでコーヒーを飲まれたんでしたよね。おそらくは、ブラジル産の豆で淹れたものを」

メニューを見ていないので豆の産地まではわからない。が、美星ちゃんがあえて《カフェー》と発音したことから、二人で行った店を正しく特定しているらしいことはうかがえた。

「銀ブラとは本来、日本の民衆にコーヒーが普及するきっかけのひとつとなった銀座のカフェーで、文化人らに愛好されたブラジルコーヒーを飲むことを意味した、という説があります。大正時代に生まれた言葉で、銀ブラの《ブラ》はブラジルコーヒーの略だというのです」

知らなかった。わたしは当然、ブラブラするの《ブラ》だとばかり思っていたのだ。

「瀬古先生はきっとコーヒーのお好きな方で、その意味での銀ブラを体験したくて銀座にいらしていたのでしょう。そこに涼子さんが『似たようなものです』と答えたので、先生はどのみち同じ店に向かうのだと考え、『やむを得ません』という表現を使ったのです。そこまでブラジルコーヒーに思い入れのある方なら、フランシスコ・パリエッタの伝説的な逸話を知っていたのもうなずけますね」

「ちょっと待って。急に、何の話ですか」

「涼子さんが先生から受け取ったというその花束ですよ。真ん中で葉をつけている植物、それはコーヒーノキの苗です」

あぜんとしながら、わたしは花束を見つめた。何の変哲もない葉っぱにしか見えないが、コーヒーの専門家ともなると、それを見分けることなど朝飯前なのかもしれない。

　とりたてて園芸に興味のないわたしでも、コーヒーの苗を売っているのを目にしたことがあるくらいだから、苗自体はさほどめずらしいものでもないのだろう。だが、花束に入れる植物として一般的か、ということになると話は別だ。

　その真意に関わる伝説は、美星ちゃんの口から語られた。

「一七二七年、ブラジルとフランス領ギアナのあいだに国境紛争が勃発し、ブラジルはギアナに使節団を派遣しました。その隊長として任命されたのが、少佐《サルジエント・モール》ならびに沿岸警備隊隊長代理《カピトン・テネンネ》のフランシスコ・パリエッタでした。パリエッタの最大の目的はむろん紛争の調停でしたが、同時にもうひとつの使命をも帯びていました。それが、当時すでにギアナで栽培されており、国外への持ち出しが禁じられていたコーヒーノキをブラジルに持ち帰る、というものだったのです。

ギアナに滞在中のこと。パリェッタは時のギアナ総督クロード・ドルヴィエーの夫人と親しくなり、やがて恋に落ちます。ある日、パリェッタは国外に持ち出せば極刑をも免れないコーヒーノキをブラジルに持ち帰ることの難しさに頭を抱え、その極秘の使命をドルヴィエー夫人に打ち明けてしまいます。ドルヴィエー夫人はパリェッタに苗を渡すことを約束しますが、それは果たされぬまま調停は無事に成立し、パリェッタはブラジルへ戻ることになりました。

パリェッタら使節団が帰国する日、総督が別れのパーティーを催してくれました。そこにはドルヴィエー夫人の姿もありました。宴もたけなわとなったころ、パリェッタは突然、ドルヴィエー夫人に大きな花束を手渡されました。その中にはなんと、コーヒーノキの苗が五本、隠されていたのです。

かくしてパリェッタはコーヒーノキをブラジルに持ち帰ることができ、ブラジルは世界最大のコーヒー生産国へと成長を遂げたのでした」

めでたしめでたし……なのだろうか？

ロマンチックな話に水を差したのは、藻川さんだった。

「よっぽどの色男やったんやろな、そのパリェッタちゅう男は。わしみたいに」

わたしは彼を無視して、「でも、それなら先生のくれた花束は、わたしに対する愛情表現だということになりますよね。パリェッタのことを愛していたからこそ、ドルヴィエー夫人は危険を冒して苗を贈ったに違いないのだから」

美星ちゃんは、浮かぬ顔でうなずいた。

「だと思います。そしてそれは、今生の別れをも意味するのでしょう」

そうだ。だからわたしは先の逸話を、めでたしめでたしでは締めくくれないと感じたのだ。

「でもどうしてこんな、伝わる見込みの薄いメッセージを花束に託したのか……銀ブラの件で涼子さんがブラジルコーヒーに詳しいと思い込んだのかもしれませんが、それにしても……」

「このままでえぇんか。相手も未練タラタラやぞ」

藻川さんは眉間に力を込めてわたしを見つめる。

「そんなこと言われても、わたしだってどうしていいかわからない」

「居場所とか、聞いてないんか。いつ東京に行くとか、いまどこに出かけとるとか」

いまどこに、出かけている。その言葉でひらめくものがあった。

わたしはスマートフォンを操作し、デカケッターを開いた。瀬古先生のアカウントはあれから一度もつぶやいていないはず——いや。

河原で瀬古先生を待つあいだにチェックしたときには、何もつぶやかれていなかった。いまはそこに最新のつぶやきがある。時刻はわずかに数分前だった。

『京都駅に向かっています。お世話になったみなさま、ありがとうございました。さようなら』

「――藻川さん、車を出して！」

すでに外の闇は濃く、この時間ではたとえ最終の新幹線にだって間に合うか微妙だ。けれどもわたしは立ち上がった。いま行かなければ、一生後悔するような気がした。

「まかしとき！　光の速さで連れてったるからな！」

勢いよく駆け出した藻川さんに続いて、わたしはタレーランの扉をくぐった。途中、窓越しに店内を振り返ると、美星ちゃんが力強くこぶしを握ってみせたので、わたしは片手につかんだ花束を掲げることで応えた。

夜の京都の街を高台から見下ろすと、碁盤の目状の道に沿って列をなした車のライトが、まっすぐ光の線を作るのが見られるという。クリスマスイブの混み合った道路では、たしかに藻川さんの車はその意味での光そのものだった。つまり、のろのろとしか進まなかったということだ。

それでもどうにか、最終の新幹線には間に合った。もちろん瀬古先生がそれに乗るとは限らず、もう行ってしまった可能性も多分にある。祈るような気持ちで入場券を買い、新幹線のホームを走りながらわたしは、一方で自問してもいた。先生に会って何を言うのか？　わたしはいったい、先生にどうしてほしいのだろうか？

結論から言うと、わたしたちは運よく、ホームの中ほどで瀬古先生の姿を発見できた。そしてわたしは、先生にまず何を言うべきかを考える必要もなくなった。

なぜなら藻川さんがわたしの持っていた花束を奪うと、わたしが指差して教えた先生目がけて猛然とダッシュし、手にしたばかりの花束でいきなり先生をバシバシと叩き始めたからだ。

「あんたどういうつもりや。自分は嫁はんのもと帰るくせに、こんなもんよこしおって！」

「な、何なんだあなたは」

瀬古先生は必死に抵抗するも、藻川さんは手を休めようとしない。わたしはというと、おじいさんのダッシュにすら大きく離されて、へとへとになりながら懸命に追いかけているところだ。

「この花束に込められた意味を知って、あの子が何を思うかわからんか！　あんたのうわべだけの愛情に、ずっと縛りつけられてしまうかもしれへんのやぞ」

「勝手なことを言うな。うわべだけなら、こんなことするものか」

「ふん、どうせ二度と会えへんのやったら何とでも言えるしな――」

「もうやめて、藻川さん」

ようやく追いついたわたしが二人を引き離すと、存外あっけなく藻川さんは落ち着いた。少し下がって腕を組み、そっぽを向いている。

ただただ呆然としている先生に、藻川さんとの関係を説明している暇はなかった。ホームの先端の方角に、新幹線が近づいてくるのが見えたからだ。

「ありがとうございました」

わたしは先生にあらためて向き直り、深々と頭を下げた。

謝ろうとはしたかもしれない。でも、わたしはまだ先生にお礼を言っていなかった。伝えたいことはそれだと思ったのだ。

「わたし、初めからわかっていました。これは叶わぬ恋だって。奥さんと幼い子を持つ先生が、わたしなんかに――ひと回りも歳上の女に、振り向いてくれるわけがないって」

瀬古先生は悲しげな目をする。しかし、わたしは自然に笑うことができた。

「それでもわたし、楽しかったです。まわりの若い学生たちと同じようなときめきを、歓《よろこ》びを、また味わうことができたから」

新幹線がホームに到着し、扉が開く。今度こそわたしは、お元気で、と手を振った。

先生は何も言わずに、後ろを向いて車両に乗り込んだ。本当に、最後まで何も言わなかった。

時の流れに逆らうのは一瞬で、新幹線は再び東京へ向けて動き出す。先生を乗せた車両が、どんどん遠くなっていく。わたしはそのあとを、一歩も追いかけたりなんかしなかった。

10

「どうしてあの朝、わたしに声をかけたんですか。しかも、お嬢ちゃん、だなんて」

わたしを家まで送ってくれる車が信号待ちで停止したとき、隣でハンドルを握る藻川さんに、わたしは訊ねてみた。

藻川さんは軽く鼻をこすり、正面を見たままでとぼける。

「わしから見たら、二〇代も四〇代も等しくお嬢ちゃんや」

「でも美星ちゃん、言ってましたよ。若い子には目がないって。いつもは若い子にばかり声をかけているんでしょう」

わたしは今年で四五歳になった。資格取得を第一義とする我が専門学校において、学生には社会人経験者も多く含まれ、うちのクラスでは全体のおよそ半数を占めるが、それでもわたしは最年長の部類だ。まして残りの半数は、はたちになるかならないかの若者ばかりなのである。

　そんな学生たちに囲まれて日々を過ごすうち、わたし自身も若返っていくような、青春時代をもう一度やり直す機会を与えられたような気がしたのは事実だ。だが、それはあくまでも気持ちの面での問題である。若い子のまぶしさを間近に見てしまってはさすがに、対等に渡り合えるなどとはもうゆめにも思わなくなった。

「……似てるような気がしたんやろな」

　たっぷり考え込んだあとで、藻川さんはアクセルを踏みながら言った。

「誰に？」

　わたしはつい、反射的に問い返す。しかし藻川さんは、それには直接答えなかった。

「よう見たら、容姿は別に全然似てないねんけどな。ただ意志の強さいうか、これと決めたら障害をものともせず突き進もうとするところなんか、やっぱり似てると思うんや。まぁなんやそういう空気みたいなんを、あの日道ばたでへばってるあんたから感じ取ったんやろな。自分でもようわからんけど、たぶんそんなこっちゃろうと思うねん」

　せやから声かけてみたんや、と彼は言う。

　誰のことを話しているか察しがついたので、わたしはそれ以上追究することもなく、川端通を北上する車の窓から外をながめていた。片側二車線、同じ方向に走る二本の光の線を形成していたはずの道路は、いつの間にかその片方を失い、なおも進み続ける一筋の光を浮かび上がらせていた。

藻川さんが数年前に奥さんを亡くしていることを、わたしは美星ちゃんから聞いて知っている。

11

「そういうわけだから。心配かけてごめんね」

翌日、わたしは康士を家に呼び、クリスマスディナーを振る舞いがてら前日の出来事の報告をした。余談だが、康士はイブの夜を親しい女性と過ごしたらしい。遊んでいると言ったのも、まんざら強がりではなかったようだ。

わたしの話を聞き終えた康士はいくらかほっとした様子で、こっちこそ、と頭を下げた。

「二人を引き裂くような真似をしてごめん。ほっとけば噂が広まるのはわかってたのに、あいつに黙ってるよう念を押すこともしなかった」

一緒に東京へ行った友達のことを言っているらしい。

「でも俺、やっぱり心配だったんだよ、母さんのことが。親父とあんなことになったばかりで、今度は人の家庭を壊してしまうなんて洒落にならないだろって。もちろん離婚したからには、自分の人生楽しんでほしいよ。だけど今後のことを考えるなら——特に、再婚という選択肢も視野に入れるなら、もう少し地に足つけて慎重に相手を見極めてほしいと思ったんだよ」

　母さんには、幸せになってもらわないと困るからさ。そう言い足してチキンにかぶりついた康士を、わたしは微笑ましく思った。

　伊達康士は、わたしと離婚した伊達章三とのあいだにできた息子である。そもそもわたしと章三の出会いは、若かりしころ、ある病院の事務職に就いていたわたしを、父親の経営する製薬会社の社員としてやってきた章三が見初めたことによる。何でもわたしが胸元につけていたフルネーム入りのプレートを見て、章三は「結婚したら姓名とも自分と同じ画数になる」ことに気づき、運命を感じたんだそうである。まさかそれだけが理由でもなかろうが、言われてみれば《章三》と《涼子》ではともに上が一画、下が三画となるので、初めて聞かされたときには感心した。ただしこの話には、姓名判断ではさんずいを四画と数えることが多いので必ずしも同じ画数にはならない、というオチがつく。ついでながら、《康士》という名前は章三と同じ一画、三画になっている。

「そう言えば、さっき親父と電話で何話してたの」

コンソメスープにスプーンを沈め、康士は何気ない風を装って訊ねる。今日、彼がやってきたときにも、わたしはちょうど章三と電話をしていたのだ。章三はわたしよりもむしろ、離婚の際に、原因を作った父親を激しくなじった康士のほうに遠慮があるようで、時々わたしと電話をしていることも康士には伏せておいてほしいと言う。ただ、今日は電話を切るタイミングがうまくいかず、康士にそれを知られてしまった。

わたしはふふ、と笑って、康士の問いに正直に答えた。

「お父さん、就職先なら紹介してやれるから資格を取ったら東京に戻ってこい、なんて言うのよ」

康士はあんぐりと口を開けた。もう少しで、スプーンを落とすところだった。

「まさか、復縁したいなんて言うんじゃないだろうな。あの親父」

「さぁ、でもたぶんそんな単純なことじゃないと思う。あの人なりの、罪滅ぼしのつもりなんじゃないかな」

もちろんわたしは、それより康士の世話をしてあげたら、と言ったのだ。しかし章三は、自分の息がかかった就職先などあいつのほうで嫌がるだろう、と一蹴した。康士はまだ一〇代で、いろいろと気難しい年頃だ。すっぱり縁を切る気さえなければ、溝は時間をかけて埋めていけばいい。いずれにせよ、就職活動が始まるのはまだ当分先の話である。

「で、その話、受けるのか」

康士はぶっきらぼうに言う。これもまったく素直な反応というわけではないのでは、とわたしは思っている。

「さぁ、どうでしょうね。そのときになってみないとわからないな」

わからない、と言ったのは本心だ。離婚したのに姓を変えていないことも、章三のことをいまだに呼び慣れた《お父さん》という言葉で呼んでしまうことも、何か理由があるのかそれともないのか、自分でもよくわからないでいる。良くも悪くも、夫婦として過ごした二〇年という時間の長さをつくづく思い知らされる日々なのだ。

ただ、とにかくいまは自分で自分の人生の面倒を見られるようになりたい。いわゆる玉《たま》の輿《こし》に乗ってからは外で働くこともせず、代わりに章三の少々の悪さにも目をつぶってきたが、離婚してみていかにそれが心もとない立場であったかがわかった。現在は慰謝料や息子の学費などを受け取りながらそれなりに余裕のある暮らしをしている――康士の心情に配慮して住まいは別にしているが、これだって勤労所得のない現状を思えば相当に贅沢《ぜいたく》なことだろう――が、いつまでも他人に依存した生活を続けるつもりはない。息子の影響だけでなく、かつて医療機関に勤めていた経験もあって理学療法士という道を選んだ。やると決めたからにはやり抜こう。意志の強さには、藻川さんからも太鼓判をいただいている。

「ふぅん」付け合わせのマッシュポテトを口に運び、康士はなおも素直になりきれない様子で語る。「まぁ母さんがいいって言うのなら、そのくらいはさせるべきかもね。親父にはさんざん心労かけさせられたんだから、好きにすればいいよ」

子はかつて、幸せであれかしと一方的に願うばかりの存在だった。それがいつの間にこの子は、母親の幸せを願ってくれるまでに育ったのだろう。

わたしはテーブルの上に身を乗り出し、康士の頭をめちゃくちゃになで回した。やめろよ、と言いながらも康士は、強いて逆らうこともなく笑っている。

つらいこともあったかもしれない。寂しい思いなら、つい昨日も鮮烈なのを味わった。

けれどもいま、わたしはとても幸せだ。

12

——興味を持ったわたしはあれから、フランシスコ・パリエッタの逸話について、いくつかの資料を調べてみた。

それによると、「パリエッタはドルヴィエー夫人と恋に落ちた」とするもののほかに、

「パリエッタは稀代《きだい》の色男で、ドルヴィエー夫人をたぶらかしてコーヒーの苗を手に入れた」と記述している文献もあることがわかった。

どちらと見るかで、解釈はずいぶん違う。前者であればパリエッタの思いにドルヴィエー夫人が応えた形となり、後者ならドルヴィエー夫人の思いがパリエッタの使命を成功させたということになる。つまりブラジルにコーヒーノキをもたらしたのは、前者なら《パリエッタの恋》、後者なら《ドルヴィエー夫人の恋》となるわけだ。

人の心にある真実は、絶対に本人にしかわからない。たとえパリエッタが口頭で語り、または日記に書き残していたとしても、彼がドルヴィエー夫人に本気で恋をしていたのかは誰にも知ることができない。

それでもわたしは、パリエッタが本気で恋をしていたのだと信じている。

性別こそ違えど、配偶者のあるドルヴィエー夫人にあえて近づき心をかよわせようとしたパリエッタの気持ちが、わたしには痛いほどわかるから――それほどまっすぐな想いでなければ、重大なルールを犯すことさえいとわないというところまで、誰かの心を動かすことなど決してできやしないと思うから。

消えたプレゼント・ダーツ

好きではない。鼓膜が破れそうな大音量のBGMも、紫煙の充満する淀んだ空気も、ぎらつくライトも、集う者たちの乱痴気ぶりも。まったくもって好きではないし、不快に感じ、蔑《さげす》みすらしている。ただ、慣れた。それだけの話だ。

その晩オレは、河原町《かわらまち》通に面したビルの地下で営業しているダーツバーにいた。

奥行きのあるフロアには全部で十五もの、小さな円型のカウンターテーブルが無造作に並ぶ。そのうちのいくつかを占めているのは、会社帰りのサラリーマンや、見るからに水商売風の女たち、頭の悪そうな大学生など、いずれも少人数のグループだ。彼らは時に哄笑《こうしょう》し、時に絶叫し、その合間を埋めるようにダーツマシンが甲高い電子音を発する。照明が放つ光線は鋭く、そこここでキャンドルがゆらめき、なのに店内は不自然なほど薄暗い。光、音、音、光。いつ来ても、実にカオティックな空間だ。

気に入ってもいない店のことを《行きつけ》などと表現するのははばかられるが、店員のうち何人かはオレの顔を見て親しげに声をかけてきたから、常連を自称してよいのだろう。もっともここの店員はみな、人から餌をもらうことに慣れた野良猫よりなれなれしいから、もしかしたら初対面でも同じ反応だったのかもしれないが。

「――ミナトさんは、出場しはるんですか。今度の大会」

バーカウンターの内側でシェーカーにリキュールを注ぎながら、向かいに座るオレにそう訊いてきた若い女性店員もまた、かつて手合わせをしたことがある。ダーツバーの店員は大半がダーツプレーヤーであり、客の対戦相手を務めることも少なくない。

「あぁ。実はそのために今夜、練習しに来たんだ」

オレは答え、彼女の差し出したカクテルグラスを受け取った。

大会とは、再来週に開催される『スーパーダーツカップイン京都』のことである。好成績を収めれば全国大会への切符を手にできるとあって、この界隈に住む多くのダーツ愛好者が出場する、京都でも最大級のダーツの大会だ。いくつかの部門がある中で、オレはシングル部門にエントリーしている。ただし、残念ながらいまのオレには優勝を狙えるほどの実力はなく、どこまで通用するかといった挑戦者の心境に近い。

本気で上達を目指すならば、初心者でも気安く入れるこんな店ではなく、熟練者ばかりが集まり、かつ落ち着いた雰囲気で集中して投げられるダーツバーへ行くべきだろう。実際に、オレはそういう店を知っている。

ただそこは、近頃何かと忙しくあまり投げていなかったオレにとって、調子を取り戻してからでなければ乗り込みたくない店でもあった。他の客に大敗して自信をなくせば、フォームが狂って元に戻らなくなってしまうおそれすらある。ダーツは時にメンタルのスポーツと言われ、技術に輪をかけて精神の強さがものを言う。もう大会も近いこの時期には、本番で平静を保って投げられるよう、いかにコンディションを整えていけるかが重要なのだ。

だから、今夜はこの店を選んだ。そしていま、ダーツマシンが空くのを待ちながら、手頃な相手を探している。

「そっちはどうなんだ。出るの、大会」

オレは女性店員に訊き返した。一度対戦したことで、向こうはオレの名前を憶《おぼ》えていたらしいが、オレのほうはさっぱり記憶になく、《そっち》としか呼べなかった。

彼女は他の客に出すドリンクを用意する手を止め、上目遣いでこちらを見た。

「一応、ペア部門にエントリーしました。そやけど、相方の足を引っ張ってしまうんやないかって心配で……最近、マイダーツを新調したばっかりなんです」

オレは彼女と対戦したときのことを思い出そうとする。不足を感じるような相手だったなら、かえって名前くらいは憶えていたに違いない。大会を間近に控え、ナーバスになっているに過ぎないのだろう。

「ま、お互い健闘を祈るとしよう。――で、おたくは」

話を振ると、二つ離れた席でひとり寂しげに酒を飲んでいた男は、びくっと肩を震わせた。

「え、僕ですか。いや、大会なんてそんな、全然」

コミカルな動作で手を振る。服装から判断して二十代前半といった感じだが、未成年者と言われても驚かないほど幼く見えるのは、おどおどした様子がこの手の店に不慣れであることを物語っているからだろうか。

間違いない。オレは頭の中で指を鳴らした。こいつはそんなにうまくない。肩慣らしをするにあたってちょうどいいカモになる。

「そう。ひとりで来たのかい」

念のため確認すると、彼は人のよさそうな笑みを浮かべた。

「はい。ちょっと、ダーツの練習がしたくて」

「台が空くのを待ってるんだろ。よかったら、一緒にプレーしないか」

彼は《待ってました》と言わんばかりに、パッと顔を輝かせる。

「いいんですか。僕まだ初心者なので、もの足りないかもしれませんけど」

「かまわないよ。オレもこのところ投げてないから、腕がなまってるんだ。マイダーツは持ってるんだろ」

「あぁ、はい、ここに」

男は足元に置いたショルダーバッグからダーツケースを取り出し、蓋をぱかっと開いた。中に収められたダーツをのぞいて、オレはその特徴的な形状に目をみはった。

「それ、ひょっとして——」

「お客さま。台が空きましたので、こちらへどうぞ」

と、背後から男性店員に声をかけられ、会話は一時中断となる。

「ひとまず移動するとしようか」

席を立ったオレに続こうとして、男は手元にあったグラスの中身をぐっと飲み干した。近くのカウンターテーブルでは、たったいま戻ってきたらしい若い男女の四人組が、終えたゲームの結果についてああだこうだと言い合っている。得意げに解説する男にまわりはふむふむとうなずいているが、彼が模範として示したフォームは、支点とすべきひじが大きくぶれ、まったく参考にならないものだった。自分も初心者のくせに、さらに経験の浅い異性にいいところを見せたくて必死なのだろう。軽薄な理由でプレーする男に冷ややかな視線を送りつつ、店員の案内にしたがってフロアの奥へと進む。

通されたのは、右側の壁に沿って並ぶ六台のダーツマシン、ではなかった。さらにその向こう、長方形のフロアからこぶのようにはみ出したスペースに到着すると、店員は振り返って言った。

「こちらの半個室をお使いください」

なるほど入り口には薄い幕が垂れ下がり、半個室と呼ぶにふさわしい。幅はせまいが奥行きのあるスペースの、正面の壁際にダーツマシンが、手前にはガラステーブルと合皮のソファーが置かれている。他には何もなく、壁も床も墨に浸したような黒で統一されていた。

初対面の二人で使うには少し持て余すな。そんなことを思いながらオレは、ソファーの上に荷物を抛った。

「何か、お飲みものは」

男性店員は去る前に訊ねた。オレは腰をかがめ、テーブルにメニューを広げる。目についたのは、通常のメニューにはさみ込まれた《マージ》の広告だった。マージとはボトルで提供される炭酸入りのリキュールのことだ。ストロベリーやオレンジなど数種類のフレーバーが用意されており、それらの写真を掲載した広告はカラフルでつい目を引かれてしまう。このダーツバーではどういうわけか、いつもマージをおすすめしているのだった。

そして今日はその広告に、見たことのない文字が躍っていた。

〈新発売！ シブいオトナのエスプレッソ・マージ！〉

《シブいオトナ》とやらが実在し、こんな店に来ることも稀《まれ》にはあるとして、このセンスのない売り文句に惹かれるかははなはだ疑問だ。ただこれは、エスプレッソの渋みとかけているのであろう。エスプレッソというのはたしか、コーヒーを濃く煮詰めたような飲み物だったはずだ。マージの甘ったるさが好きではないオレにとって、それは興味をそそられるフレーバーであった。

「この、エスプレッソ・マージを。おたくは」

　オレは言い、連れの男にメニューを渡す。彼はあたふたとそれを受け取り、数秒悩む素振りを示した。

「同じものにするか」

　見かねてオレが提案するも、ここではきっぱりと首を横に振る。

「えっと、じゃあ、ジントニックを」

「かしこまりました」

　店員が一礼して出ていく。そのあとで、オレは何の気なしに訊いた。

「好きじゃないのか。エスプレッソ」

「いえ、むしろ大好きなんですけど……」

　困ったような表情で、彼はその先を言い淀む。

　要するに、エスプレッソ風味なんて邪道だ、とでも言いたいのだろう。興醒《きょうざ》めな心地がして、オレはダーツの準備に移った。

　テーブルにはメニューのほかに、火のついたキャンドル、なぜか吸い殻が入ったままの灰皿、そしてペン立てのような、上部の開いたプラスチックの箱があった。箱にはハウスダーツと呼ばれる、貸し出し用のダーツが六本立っている。

　持参した三本のマイダーツをケースから出し、グリップの感触を確かめていると、男は隣でダーツを組み立て始めた。先ほどカウンターで中断した会話を、オレはここに来て再開する。

「やっぱりそのダーツ、ペガススだよな」

するど男は目をしばたたき、ご存じなんですね、と言って笑った。

ダーツの矢は四つの部品に分かれる。羽の部分はフライトといい、主に紙やプラスチックでできている。投げる際に指で持つ金属製の部品はバレル、そのバレルとフライトをつなぐ棒はシャフト、そして矢尻に当たる先端はチップと呼ばれる。ダーツマシンを用いたソフトダーツならチップはプラスチック製、サイザル麻でできたボードに突き立てて遊ぶスチールチップダーツなら、チップは金属製となる。

男がいま組み立てているダーツは、バレルの断面が一般的な円形ではなく、鉛筆のような正六角形になっていた。この形のバレルを製造しているメーカーは少なく、有名なのは男の持っているペガスス社製のダーツであるが、そのペガスス社も昨年、製造を中止してしまった。したがって、いまでは容易に手に入らない代物であり、あえてそれを使っているということは、何らかのこだわりがある証拠とも言えるのだ。

オレが初めに思ったよりも、男は腕が立つのかもしれない。そんな風に見直したのはしかし、続く彼の発言であっさりひるがえされた。

「ある人が、誕生日プレゼントとしてくれたんです」

口ぶりからして、ある人というのが異性であることは明白だった。こちらの失望に気づかないのか、彼は訊かれもしないのに続ける。

「とにかく頭の回転が速いというか、不思議なことが起きるとたちどころに説明をつけてみせるような、とても聡明な人で。僕がこのダーツを見つけたときも、その日のうちにプレゼントしてくれたんですよ。彼女には、欲しいなんて一言も打ち明けてなかったのに。その時点で僕はまったくのダーツ初心者だったんですけど、もらった以上はうまくならないと悪いじゃないですか。それでつい、近日中に腕前を披露するという約束をしてしまって。だから、今夜はひとりで練習を――」

「おたく、カード持ってないの」

　オレは男の話を強引にさえぎった。つまるところ彼も、惚《ほ》れた女にいいところを見せたい一心でダーツをしているわけだ。純粋にダーツを楽しみたいオレにとっちゃ、こういう人間が一番癪《しゃく》だ。今夜は手加減なしでいこう。そう、心に決めた。

　これから使用するダーツマシンは、プレーヤーが専用のカードを購入することによって、その中にスコアや簡単なプロフィールを記録することができる。プレーのたびに過去のスコアと対比しながら、上達の度合いをチェックするのだ。

　オレはすでに持参したカードをマシンに挿入し、画面には登録名の《ミナト》が表示されていた。男は慌ててショルダーバッグに手を突っ込み、取り出したカードをマシンに入れる。すぐさま画面の端に彼の、《アオヤマ》という登録名が現れた。

「ゼロワンでいいよな」

百円玉を投入しながら、オレは問う。アオヤマは「いいですよ」とうなずいた。

ウォーミングアップならゼロワンだろう。ルールは単純で、あらかじめ決められた持ち点を、投げたダーツのスコアによって減らしていき、他のプレーヤーより早くぴったり〇点にすることができれば勝ち。設定される持ち点の下二ケタが必ず《〇一》であることからゼロワンと呼ばれ、もっともポピュラーなゲームのひとつだ。

小手調べとしてオーソドックスな五〇一点に設定し、ゲームを開始する。

「オレからいかせてもらうよ」

そう言うと、アオヤマは素直に先を譲った。先攻のほうが有利なのだが、勝敗にはこだわらないという意思の表れだろう。遠慮なく三本のマイダーツを手に取り、足元に引かれたラインに爪先を合わせる。

ダーツはどんなゲームでも原則一ラウンド三投でおこなわれる。ピザのように二〇等分された円形のボードの、外側に記された数字がそのエリアの得点であり、一点から二〇点までがバラバラに配置されている。さらに、的の円周にある細いラインはダブルリング、半径のちょうど真ん中を走る細いラインはトリプルリングといって、ここに入るとスコアがそれぞれ二倍、三倍になる。そして、ボードの中央の二重の円はブル。ソフトダーツの場合、ゲームによってはブルの外側の円がシングル、内側の円すなわちブルズアイがダブルとされるが、ゼロワンのようにスコアを競うゲームではブル全体を一律に五〇点とするのが一般的である。

オレは前に出した右足に体重をかけ、スタンスを定める。矢を握った右手を突き出した状態で固定し、そこからボードに向かって伸びる放物線を思い描く。集中を高め、ひじを支点にしてテイクバック、リリース。

——鳴り響く、号砲のごとき電子の快音。放たれた矢はボードのど真ん中、ブルズアイに命中していた。

「おぉっ、すごい！」

アオヤマが手を打って讃える。この程度で騒ぐなよと言いたいところだが、ブランクがあることに内心不安を覚えていたオレは、違和感なく投げられてほっとしていた。これなら彼を打ちのめすのは造作もないだろう。

ところで、ゼロワンにはダブルイン、ダブルアウトというルールが存在する。ダブルインは最初にダブルリングもしくはブルズアイに入れるまでスコアがカウントされず、ダブルアウトは最後の一投がダブルリングもしくはブルズアイでなければ上がれない、というものだ。これについて、ダブルアウトが公式の大会でも採用されるメジャーなルールであるのに比べると、ダブルインを適用する頻度はやや下がる。が、いつダブルインでプレーすることになってもいいように、一投目はダブルを狙うことを習慣としているプレーヤーも少なくない。その意味でも、オレはうまくやったというわけだ。

ちなみに現在進行中のゲームにおいては、ダブルインもダブルアウトも設定していない。よって一投目がシングルだろうと、関係なく得点は加算される。三投目もブルに入れ、オレが残り三九八点で第一ラウンドを終えると、交替したアオヤマの第一投は一七のシングルだった。一応はブルを狙ったものらしいが、ダブルインならまだゲームが始まってもいないところだ。オレはひそかに鼻で笑いつつ、彼のプレーを見守った。

アオヤマが一ラウンドを終えたところで、先ほどの男性店員が、注文していたドリンクを運んできた。アオヤマはジントニックのタンブラーを、そしてオレはマージのボトルを手にする。ボウリングのピンのような形のボトルを満たす液体の色は、エスプレッソそのものにも引けを取らないほどに濃い黒だった。薄暗い店内では向こう側を透かして見ることもできず、炭酸の泡だけが時折、水面に浮かんでは弾ける。

オレはボトルに口をつけ、エスプレッソの渋みとやらを味わってみることにした。

「……うっ」

そんな声が、反射的に唇から洩れた。

苦い。とにかく舌に残る苦さで、あとは炭酸の刺激しかない。ただリキュールにエスプレッソを混ぜただけ、そんな安直な印象を受けた。

「あんまりおいしくなさそうですね」

オレのしかめっ面を見て、アオヤマが声をかけてきた。気を遣ったつもりかもしれないが、それがかえって侮られているように感じ、オレは強がってみせる。

「これはこれでありだと思うが、個人的にはシロップを加えたい気もするな」

「甘くないんですすか」

「そうだな。苦みしかない」

「それは変ですね。エスプレッソは通常、砂糖をたっぷり加えて甘くして飲むものです。開発者がよくわかってなかったんじゃないでしょうか」

いちいち神経を逆なでするようなことを言う。相手が無知であると決め込んで知識を披露しているくせに、その態度に悪意がつゆも感じられないからなおさらだ。オレはボトルをテーブルに置いて、さっさと第二ラウンドに移った。

その後もゲームは同じ調子で続いた。オレはブランクの影響もさほどなく、一ラウンドにつき確実に一本以上をブルに入れ、第四ラウンド終了時点で残り九〇点となった。スタッツ――このマシンでは、残り一〇〇点を切るまでの一ラウンドあたりの平均得点として算出される――は一〇〇を超え、まずまずの滑り出しである。

一方、アオヤマは一ラウンドにつき一本でもブルに入ればいいほうで、スタッツはかろうじて五〇を超える程度であった。第四ラウンドを終えてもまだ、半分の二五〇点にも達していない。

「やっぱりお店でプレーするのは、自宅での練習とは全然違うもんですね」

へらへらしつつアオヤマは、さりげなく本来の実力が発揮できていない旨を訴える。

オレは無視してラインに向かった。

第五ラウンド。すでに残り一〇〇点を切っているので、ここからはダブルで上がれるよう、点数をアレンジしていくことになる。ダブルアウトも設定してはいなかったが、ダブルイン同様、習慣にしておきたいのだ。

今回のゲームでは比較的、ブルズアイによく入っているという手応えがあったので、オレはまず残り五〇点にして、ブルズアイで上がることを考えた。うまくいけば、一ラウンドで終わりにできる。

となると狙うのは二〇だ。ダブルに入れば申し分ないが、シングルでも二本で四〇点を削れる。そこでオレが一本目を投じると、果たして二〇のシングルに刺さった。想定したとおりの展開である。

ところが続く二投目で、オレは大きなミスを犯してしまった。シングルを狙ったはずの矢が、よりによって二〇のトリプルに入ってしまったのだ。

つい、舌打ちが出る。これで残り点数は一〇点。五のダブルで上がれる数ではあるが、ダブルリングは的の円周であり、少しでも逸れれば的から外れてしまう。すると次のラウンドは残り一〇点からのスタートになり、以降は五以下の数字を狙うという選択肢しかなくなる。普段ダーツをプレーしていて、小さな数を狙う局面はあまりないので、ブルなどに比べてうまく入れられる自信はなく、そうなるといささか苦しい状況だ。

懸念が指先に伝わったのだろう。五のダブルを狙って放った矢は結局、勢いが足りず中途半端な高さを飛んで、一二のシングルに命中した。残り点数が〇点を下回り、バストとなる。次のラウンドはこのラウンドと同じ点数、すなわち九〇点からのスタートだ。

まぁ、残り一〇点よりはマシだろう。自分に言い聞かせて場所を空け、ソファーにどっかと腰を下ろす。アオヤマは続くラウンドで、ブルに二本入れて一気に一〇〇点以上を削った。画面には一ラウンド一〇〇点以上一五〇点以下を獲得したことを示す、ロートンの文字が表示されている。

「やぁ、やっといつもの感覚が戻ってきました」

彼はさも得意げに、肩をぐるぐる回した。いつもの感覚が戻るも何も、いまのラウンドのほうこそイレギュラーだったのではないか。そう言いたかったが、ここで相手にすれば敵の思うツボだ。動揺は手元を狂わせる。大丈夫、アオヤマはまだ一六〇点も残っている。すぐには追いつけまい。

第六ラウンド、二〇のダブルを狙った一本目が的の外に刺さるというミスはあったものの、オレは続く二本を何とか二〇のシングルに入れ、残りは五〇点となった。これでブルズアイを狙えるし、違う数字に入っても残りの点数しだいではじゅうぶん上がれるだろう。

目指していた数字にアレンジできたのでひとまず満足することにして、オレはソファーに座った。マージを少量口に流し込むが、やはり苦くて飲めたもんじゃない。まだ九分目近くまで残っているけれど、もう新しいドリンクを注文しようか。そんなことを考えているうちに、アオヤマがラインに立って言った。

「じゃあ、二〇のトリプル狙います」

そして軽やかに放たれた矢は、宣言どおり二〇のトリプルに命中した。感心する間すらろくに与えず、彼は続けて二投目に移る。残りがちょうど一〇〇点である以上、狙うならブルしかあるまい。そう予想していたにもかかわらず、ダーツマシンが快音を発したとき、オレは驚かざるを得なかった。アオヤマは二本目を、いともたやすくブルに入れてみせた。

心臓が早鐘を打つ。いくら何でも、そんなにうまくいくはずがない。なのにこの、外れる気がしない嫌な予感はいったい何事か。

アオヤマの後ろ姿には、さっきまでとは打って変わって堂々としたオーラが漂って見えた。彼は風にそよぐ大木を連想させる安定したスタンスで三本目の矢を構えると、寸分の狂いもない美しいフォームでそれを投げた。

「嘘だろ、おい」

次の瞬間、気づくとオレはつぶやいていた。

まるでボードの側から糸で引かれたかのように、矢はきれいな弧を描いて、ブルズアイへと吸い込まれていった。ダブルアウトも満たす、文句なしのスローだ。それまで一六〇点を残しながら、アオヤマはたった一ラウンドで勝敗を決してみせた。オレは、負けたのだ。

第五ラウンドをふいにしたのは手痛かったが、それでも負ける要素なんてどこにもなかったはずだ。あまりにも受け入れがたい結果に、ひょっとするとアオヤマはオレをからかわんとして、あえて序盤は手加減をしていたのではないか、との疑いが脳裡《のうり》をよぎった。

けれども彼が振り向いたとき、オレはその考えを即座に打ち消した。

「……入っちゃった」

自分でも信じられない様子で、アオヤマはぽかんと口を開けていた。三投目で見せた異様なオーラはこちらの幻覚に過ぎなかったのか、彼は矢をボードから回収することも忘れ、立ち尽くしている。

「狙ったところに入って何がおかしい。さっさと次をやろうぜ」

貧乏ゆすりをしながら言い放つと、アオヤマはうろたえてボードに向かう。そして、オレに背を向けたままで告げた。

「なんか、すみません。完全に僕が負ける流れだったのに」

その声が心底申し訳なさそうだったので、オレはまたしても神経を逆なでされた。思わぬところで足をすくわれることもある、それが勝負というものだろう。奇跡だろうとそうでなかろうと、勝ったのだから素直に誇らしげにしていればいいのだ。自分より格下だと思っていた相手に情けをかけられるほどみじめなことはない。

「でもこの調子なら、ダーツの贈り主の前でプレーするのが楽しみになってきました。ミナトさんが練習に付き合ってくれているおかげです。あ、次のゲームを始める前に、僕ちょっとトイレに行ってきますね」

柔和な笑みを浮かべ、アオヤマは幕をくぐって半個室を出ていった。

むしゃくしゃして、オレはひとりラインに立った。いつもよりやや乱暴に、雑に矢をボードへ向かって投げる。でたらめな場所に矢が刺さっても、気にせず繰り返し投げ続けた。

ダーツバーという場所に頻繁に出入りする中で時折、むき出しの敵意や露骨な侮蔑《ぶべつ》、あるいは純然たる無関心といった否定的な態度に出くわすことはあった。それらは動揺を誘うための作戦なのだと割り切ることで、適当にあしらってもきた。

しかしアオヤマという男の、《温室育ち》と揶揄《やゆ》したくなるような――初対面ゆえに彼の生い立ちなど知る由もないが――穏やかでとぼけた感じは、免疫がないだけにいっそう癇《かん》に障った。彼に悪意がないことはわかる。わかるからなおのこと、弱者に対する慈悲に似た感情がにじみ出ているようで不快なのだ。ついでに言えば、彼はその慈悲の使い道もどこかピントがずれている。

苛立ちを右腕に込め、八つ当たりで何度か投げているうち、矢がボードに弾かれてオレの後方まで跳ね返った。ため息をつき、拾おうとして身を反転させる。何気なくテーブルのほうに目を走らせて、オレは唐突に、あることを思った。

――バレルの形が特徴的な、ペガスス社製のダーツ。好きな女にもらった、さぞかし大事なダーツなのだろうな。

もしそいつをなくしたら、彼はいったいどうするだろう。想像して、オレは唇をニヤリとゆがめた。

ソファーに座り、曲がったチップを交換していると、アオヤマがトイレから戻ってきた。

「すみません、お待たせしました――あれ」

すぐに、異変に気づいたようだ。オレはチップを回しつつ、顔を上げる。

「お、帰ってきたか。次はクリケットをやろうぜ」

「待ってください。ミナトさん、僕のダーツ、どこに行ったか知りませんか」

「ダーツなら、そこにあるじゃないか」

持っていた矢の先で彼のダーツを指すと、アオヤマは両手に一本ずつ取ってこちらに見せた。

「二本しかないんですよ。一本なくなってるみたいなんです」

オレはいま一度、テーブルの上を見渡す。メニュー、ドリンク、キャンドルと灰皿とハウスダーツの入ったペン立て、そしてオレのマイダーツとチップ。それで全部だ。

アオヤマの言うとおり、彼のダーツのもう一本はそこになかった。

「おかしいな、たしかにここに置いていったはずなのに」

アオヤマは青ざめて、メニューをばさばさと振ったり、テーブルの下をのぞき込んだりしている。吹き出しそうになるのをこらえ、オレは言った。

「おたくがトイレに行ったあと、オレはずっとマシンに向かって練習していたから、テーブルの上のダーツがなくなるところなんか見ていないんだよ。悪いな」

「盗《と》られちゃったのかな。あれ、たしかもう製造されていないし、けっこう高かったはずだから」

「一本だけ？　どうせ盗むなら、普通は三本とも盗むだろ」

「うーん、そっか……あ、でも一本あれば試すことはできますよね。とりあえずちょっと投げてみて、あとでこっそり返すつもりだった、とか」

あぜんとした。盗った者が返してくれるだろうとは、どこまでお人よしなのだ、この男は。だいいち、すでに入手困難となっているダーツを試すことに何の意義があるのか。

怪しくなってきた雲行きを変えるつもりで、オレはさりげなく言い足した。

「そうは言っても、おたくのいないあいだにこの半個室に入ってきたやつなんていなかったぜ」

それがどうもよくなかったらしい。アオヤマは一瞬、虚を衝かれたようになり、次いで眉間に力を込めてこちらを見つめてきた。

「疑ってもいいですか。ミナトさんのこと」

威圧したいらしいが、ちっとも怖くない。小型犬だって牙をむけばもう少し迫力があるだろう。オレはあごを持ち上げる。

「言いがかりだな。根拠はあるのか」

「テーブルのほうに背を向けて、練習していたんですよね。だからダーツがなくなるところを目撃しなかったんですよね。ということは、この半個室の入り口だってあなたには見えていなかったはずだ。なのになぜ、誰も入ってこなかったと言いきれるんです」

さすがにそのくらいのことは、彼にも考えが及んだようだ。もっともこんなあからさまな矛盾、小学生だって見逃しはしないだろうが。

「それに、ミナトさんには動機もあります」

「動機？」

「ゼロワンで負けた腹いせです。そう考えると、一本だけなくなったことの説明もつきます。盗もうとしたのではなく、僕を困らせることが目的だとすれば、三本とも隠す必要はありませんから」

アオヤマの話を聞きながら、オレはむしろ愉快な気持ちになっていた。いい人ぶった彼の化けの皮が、一枚ずつはがれていくのを見るようだ。それに、彼がこうしてヒートアップすればするほど、ダーツの在り処《か》からは遠ざかっていくだろう。

オレはソファーから立ち上がり、自分のバッグを彼に投げ渡した。

「先に言っておくが、オレはおたくのダーツに指一本触れちゃいない。しかしこの状況では、疑われるのもやむなしだよな。持ち物でも身体でも、どうぞ気の済むまで検査してくれ」

アオヤマは面食らったようだったが、失礼します、とことわってバッグのファスナーに手をかけた。

ここへはダーツをしにきただけなので、荷物は少ない。バッグに入っていたのはキーケースと財布、ダーツケース、それにハンドタオルだけだ。アオヤマはそれらを念入りにあらためていたが、消えたダーツは出てこなかった。

「濡れてますね、これ。何に使ったんですか」

ハンドタオルに触れたとき、アオヤマはそんなことを訊いてきた。

「ハンカチの代わりだよ。店に着いたときに一度、トイレに行った」

彼はうなずき、続いて身体検査に移る。

ジャケットにTシャツ、ジーンズという軽装だったので、服の上からでも検査はすぐに済んだ。アオヤマはひととおりオレの全身を、スニーカーの中まで調べると、すみません、とつぶやいた。

「隠し持っている、ということもなさそうですね」

「隠し持っていたとすれば、検査なんてさせなかっただろうからな」

「身も蓋もないことを言わないでくださいよ」

さらに、アオヤマは半個室内の捜索を始めた。テーブルの裏側をのぞき込み、ソファーの隙間に指を突っ込み、はいつくばってダーツマシンの下を携帯電話のライトで照らす。もとよりさほど広いスペースでもなく、ダーツ一本といえども隠せる場所は限られているので、五分とかからずアオヤマは、ここに探し物がないことを確信したようだった。

「だめだ、どこにもない……」

「どうする。大事なダーツなんだろう。あきらめるのか」

握っていたマージの飲み口を彼に向け、オレは問う。ボトルの内側で液体が揺れ、無数の泡が浮上して弾ける。中身はほとんど減っていなかったが、もはや飲む気にはなれなかった。

「いいえ。まだ、可能性はあります」

アオヤマは、オレに対する険しい目つきを緩めずに言った。

「ここになければ、持ち出したということです。つまり、ミナトさんが僕のダーツをこの店のどこかに隠した」

疑いはまだ晴れていなかったようだ。オレは黙って彼の話に耳を貸す。

「さっきの不可解な証言がある以上、ミナトさんが僕のダーツを隠したのは確かなんです。盗むつもりなら何者かが半個室に入ってきたことにして、その人物に罪をなすりつけるだろうから、やはり目的は嫌がらせでしょう。いずれにしても、あなたが犯人である限り、僕のダーツはまだこの店内にあるはずです。地下なので、窓から外に出すこともできませんし」

「考えが足りないようだな。たとえばオレが、誰かに頼んでおたくのダーツを店の外に持ち出してもらっていたらどうする」

「そんな、窃盗の片棒を担ぐことを頼めるような知人がいるのなら、僕なんか誘わなくてもその人とダーツをすればよかったじゃないですか。それに、見たところ店員さんの入れ替わりもなさそうですし」

おや。心なしかアオヤマの発言が、しだいに理知的になりつつあるようだ。それだけ必死に考えてでも取り戻したいダーツだということか。

「とにかく、ミナトさんがこの半個室を出たかどうかが問題です。僕、証人を探してきます」

言うが早いか、アオヤマは半個室を飛び出し、一分も経たないうちに店員を連れて戻ってきた。オレたちを案内した男性店員ではなく、カウンターで言葉を交わした女性店員である。

「僕がトイレに行っているあいだに、ダーツが一本、消えてしまったんです。ペガスス社製の、バレルが六角形のダーツで、フライトは紙でできているんですけど。見てないですよね」

アオヤマが訊ねると、店員は首をかしげた。

「はぁ。見てませんけど」

茶髪を後ろでひとつにまとめ、丸襟の白いブラウスは首元のボタンを開けてラフに着こなしている。下は黒のパンツだ。客の対戦相手を務める場合を想定し、適度に動きやすい服装を選んでいるのだろう。

「それじゃ、誰かがここに入ったり、ここから出たりするところを見ませんでしたか」

アオヤマは続けざまに問う。なるほど、オレたちのいる半個室は、カウンターから見て右手の壁際に作られている。したがって、もし彼女がずっとカウンターの内側に立っていたとしたら、半個室の奥までは見通せないものの、入り口は常に見えていたことになる。

「わたしよりも、そちらの方に訊きはったほうが確実なんと違いますか」

いぶかしげな表情で、彼女はオレを一瞥《いちべつ》した。オレが答える前にアオヤマが口を開く。

「ミナトさんは、誰も入ってこなかったとおっしゃっています」

「そんなら誰も出入りしていないんでしょう。わたしも見てません」

「えっ」

愕然として、アオヤマは店員に詰め寄った。

「間違いありませんか。たとえばミナトさんが出ていくところとか、そんなのも見ていないんですか」

「わたしも仕事しながらやから、片時も目を離さんかったわけちゃいますけど……少なくとも、わたしは何も見ませんでした。もしミナトさんがそこらへんうろうろしてはったら、それはさすがに気づいたと思うし」

「そうですか……」

店員の証言に、アオヤマはしょげてしまった。彼の肩に後ろから手を置き、オレは言う。

「今度こそ、オレの疑いは晴れたみたいだな」

「で、でもそんなのっておかしいですよ。入った人も、出ていった人もいないのに、ダーツだけが消えてしまうなんて。入り口の向かいにダーツマシンでもあれば、投げたという線も考えられるけど、それもないし」

言われて入り口のほうに目をやる。見える範囲にボードはなく、あるのは酒を飲んで騒ぐ客たちの姿ばかりであった。そちらに向けてダーツを投げるなど完全なる暴挙だ。再度、オレは彼の肩をぽんと叩いた。

「出てこないものはしょうがないだろ。それとも泣きついてみるか。聡明だという、おたくと仲良しの女とやらに」

するとアオヤマははっと顔を上げた。

「いるんだろ、不思議なことを解き明かしてくれる女が。電話して、訊いてみたらどうだ。ダーツが一本なくなってしまった、どこに消えたか考えてほしい、ってな」

耳元でささやくと、アオヤマは顔を真っ赤にしている。

「あの、えっと、僕――」

激昂《げきこう》するか。それならそれでおもしろかったのだが、アオヤマは理性を保ったようだ。勢いよく体を反転させてオレの手を振りほどくと、選手宣誓でもするような発声で告げた。

「トイレに行ってきます！　二人とも、ここでじっとしててください！」

そして彼は店員の横をすり抜け、カウンターの脇にある細い通路の先のトイレに向かった。その途中、彼はポケットから携帯電話を取り出していた。オレの忠告にしたがって女に電話をかけるべく、半個室を離れたらしい。

まったく愉快な展開だ。オレはうつむき、声を押し殺して笑った。ふと見ると、かの女性店員はおびえた様子で自分の体を抱き、こちらをうかがっている。目が合ったとたん、不自然に逸らされたのには閉口した。事実を確かめたいが訊くに訊けない、そんな躊躇《ちゅうちょ》が感じられるぎこちなさだ。

結局、アオヤマが戻るのを待つあいだ、オレたちは一言も口を利かなかった。

一〇分近くが過ぎて、アオヤマはようやく半個室に帰ってきた。床を踏み鳴らす力強い足取りと、思いつめたような表情からは、何かしらの決意が感じられる。

驚いたのは、彼が入り口の幕をくぐるやいなや、テーブルの上のグラスをつかんでジントニックを一気飲みしたことだ。オレと店員がそろってあっけに取られていると、彼はグラスをテーブルに置き、ふぅ、と大きく息を吐いて言った。

「たぶん、わかりました。消えたダーツの行方が」

思ったとおり、電話で教えを乞うたようだ。聡明だという女の知恵がいかほどか、お手並み拝見の姿勢でオレは、ソファーに座り彼の話に耳を傾けた。

アオヤマはテーブルの真向かいに立つ。それは明らかに、オレとの対決を意味していた。

「僕は先ほど、隠す場所も多くないこの半個室を隅々まで探したつもりでした。でも、ダーツは見つからなかった。そこでまず、ダーツは隠されたのではなく、文字どおり消えてしまった、存在が消滅してしまったという線を検討してみました」

「ダーツが消滅した？　ありえないな」

「そうですね。せめてチップくらいなら、たとえば飲み込むといった方法もとれなくはないでしょうが、シャフトやバレルを消すのは不可能だと結論せざるを得ませんでした。でもそのほかにもうひとつ、簡単に消し去ることのできる部品があると気づいたんです」

残る部品はひとつしかない。アオヤマは消えなかったダーツのうち一本を手に取り、その部品を外しながら言った。

「フライトです。僕のダーツのフライトは、これを見ればわかるように、紙製でした。そしてテーブルには火のついたキャンドルがあります。燃やしてしまえば、あとには灰しか残りません。それは灰皿に入れることで隠滅できます」

テーブルの上の灰皿にはいまも、吸殻が入れっぱなしになっている。オレもアオヤマも煙草を吸っていないから、前の客のぶんを店員が片付け損ねたのだろう。ひとたび灰になってしまえば、フライトを吸殻にまぎれさせるのはわけもない。

フライトのなくなったダーツを指し棒よろしくこちらに向けて、アオヤマは続ける。

「さて、これでフライトは消えました。するとダーツはこのように、ただの細長い棒になります。フライトが引っかかるのでダーツを隠せないと思っていた場所にも、隠すことができるようになるわけです。——ところでミナトさん。僕はたったいまジントニックを飲み終えましたが、あなたの注文したドリンクはちっとも減っていないようですね」

テーブルに立つマージの残量は、九分目近くから変わっていない。炭酸の泡はしぶとく、断続的に水面へ浮かんでいた。

「口に合わなかったもんでね。初めの数口は我慢して飲んだが、すぐに飲み干すのをあきらめた」

オレは肩をすくめるが、アオヤマは取り合わない。

「本当は、飲みたくても飲めなかったんじゃないですか。もちろんそれは、味が嫌いだったということではなく」

そして彼はボトルをつかみ、横からのぞき込んだ。

「これ、すごく色が濃いですよね。こうも店内が薄暗くては、向こう側を透かして見ることもできません」

おのずと眉間に皺《しわ》が寄る。マージのボトルを指差して、オレは言った。

「まさかおたく、その中にダーツを突っ込んだ、なんて言うんじゃないだろうな」

「実験したわけではありませんが、このボトルにダーツなんて入れたら、きっと炭酸の泡が一気に発生して吹きこぼれてしまうと思うんですよ。そう言えば、ミナトさんのハンドタオルは濡れていましたね」

「だから、ハンカチ代わりに使っただけだって。嘘だと思うなら、においでも嗅いでみればいいだろ」

「それが事実かどうかは、こうすれば判明するはずです――」

出し抜けに、彼はジントニックが入っていたグラスの真上で、マージのボトルをひっくり返した。グラスの中でマージが泡の層を作り、それもたちどころに消えていく。一気飲みはただの気つけかと思っていたが、このためだったようだ。

「いまの僕の話が正しかったのであれば、ここにダーツが沈んでいることになります」

人差し指でかき混ぜながら、アオヤマは言う。マージがくるくる渦を巻き、溶け残った氷がカランと音を立てる。何度かそれを繰り返したあとで、彼は《うーん》とうなった。

「……ないですね。ダーツ」

呆れてものも言えなかった。その女が聡明だというから傾聴したのに、飛び出した答えは見当違いもはなはだしい。たしかにオレには動機も、ダーツに何かしらの細工を施す機会もあった。だが、まるで高所から低所へ水が流れるように、もっとも疑わしき者を犯人と決めてかかること自体、思考が短絡的である証拠だ。この結果からも明らかなように、オレはアオヤマのダーツを隠してなどいないのだ。

「疑ってしまってすみませんでした」

アオヤマは素直に頭を下げたが、オレは冷たく言い放った。

「だから最初に言っただろうが。オレはおたくのダーツに指一本触れちゃいないって」

「あの、わたしそろそろ仕事に戻りたいんですけど」

おずおずと店員が申し出たので、オレはしっしと手を振った。彼女は軽く一礼をして、きびすを返した——ところが。

「だめですよ、まだ出ていっちゃ」

幕に手をかけた彼女を、アオヤマが呼び止めた。

「言ったでしょう。ダーツの行方がわかったって」

「でも現に、お客さんのダーツは見つからんかったやないですか」

彼女は見るからに狼狽《ろうばい》していた。近くへ歩み寄りながら、アオヤマは落ち着いた口調で語る。

「トイレから戻ってきた段階で、僕は二つの仮説にたどり着いていました。そのうちのひとつがいまお話しした、ダーツがマージのボトルに沈められている、というものです。はっきり言って、僕はその可能性のほうが高いと考えていた。だからまず、先にそっちを確かめたんです。けれども残念ながらあては外れ、ボトルの中にダーツはなかった」

そしてアオヤマは、折り返し地点を通過するマラソンランナーのように、入り口で立ち尽くす彼女の背後を回った。

「となると残る仮説はひとつ。それが、この半個室に出入りした人間はいなかったという証言そのものが、嘘である可能性です。これについて、ミナトさんはダーツを投げていたので入り口に背を向けており、単に気づかなかったとも考えられる。でもそれ以外の人間が、わざわざ事実に反して誰も出入りしなかったと証言するメリットはないでしょう。もしあるとすれば、本人が半個室に出入りしていて、その事実を伏せておきたい場合――すなわち、証言者が犯人である場合です」

直後、アオヤマは素早い動作で、女性店員がはいているパンツの左のポケットを指差して言った。

「その膨らんだポケットの中身、出してもらえますか」

女性店員は、震える指をポケットに突っ込んだ。血の気を失い、無言で彼にしたがうさまは、催眠術にかかった被験者のようでもあった。

それからゆっくり差し出されたものを見て、アオヤマは満足げな笑みを浮かべた。

彼女の手には、消えたダーツが握りしめられていた。


「――すみませんでした！」

アオヤマにダーツを返すと、女性店員は首がもげそうな勢いで深々と頭を下げた。

そんな彼女の二の腕を叩いて、アオヤマは顔を上げさせる。

「いいですよ、もう。大会が近くて、切羽詰まっていたんでしょう」

「おたく、もしかして彼女がダーツを一本だけ盗んだ理由がわかってるのか」

オレが言うと、アオヤマはこちらを見下ろしてうなずく。

「ごめんなさい。僕、お二人のカウンターでの会話に、隣で聞き耳を立てていたんです。だからあのとき急に話しかけられても、ちゃんと対応できたってわけで」

たしかにオレが彼に投げかけたのは、「おたくは」の一言だけだった。それでも彼は質問の意味を正しく理解し、《大会には出場しない》と答えた。

「会話の中で店員さんは、マイダーツを新調したばかりだから相方の足を引っ張らないか心配だ、と。不思議に思ったんですよね。それなら元の、使い慣れたダーツを使えばいいのにって。だけど、僕のダーツを盗ったのが彼女だとしたら、その疑問にも説明がつくんです」

アオヤマは取り返したダーツの、バレルの部分を指でつまんだ。

「彼女のダーツはもう使えなくなってしまった。つまり、バレルが一個壊れてしまい、二度と手に入らなくなったんです。なぜならペガスス社が、彼女の使用していた六角形のバレルの製造を中止したから」

チップやフライトは言うに及ばず、シャフトも消耗品であるが、バレルは通常、めったに壊れない。的に刺さっている矢にあとから投げたものがぶつかって、欠けたりすることはよくあるが、年季が入って傷だらけになっても問題なく使い続けられる。

ところがまれに、バレルも壊れてしまうことがある。たとえば握りやすくするために刻まれた溝のところからぽっきり折れてしまうといったケースで、こうなると当然、同じダーツを使い続けることはできない。

熟練者でも、バレルが壊れることを想定して備えているプレーヤーは多くない。せいぜい複数のダーツを並行して使用するといった程度だ。彼女の場合は予想だにしておらず、壊れてから製造中止を嘆いても時すでに遅しだったのだろう。特徴的な六角形のバレルを使用していたのが災いし、せっかく新調したダーツも容易になじまなかったことは想像にかたくない。

「彼女はダーツの大会にペアでエントリーしており、本番が間近に迫っていました。けれども新しいダーツでは、思ったようにスコアが伸びない。自分ひとり不本意な結果に終わるのであれば受け入れるしかありませんが、ペアを組んだ相手の足を引っ張るのは耐えられないと感じていたのでしょう。そうしたところに偶然、壊れてしまった彼女のダーツと同じものを使用しているプレーヤーが現れた——それが、僕です」

そういやアオヤマはカウンターで、ペガススのダーツを開いてみせていた。短い時間だったが、店員は目ざとくそれを見ていたわけだ。

「大会のことで追いつめられた彼女の目の前に突然、不安を解消してくれるものが現れた。そんなとき人は、自分でも思いもよらぬ行動に出てしまうものなのかもしれません。彼女は僕のダーツを一本、手に入れることを画策し、僕がトイレに行った瞬間を見計らって実行に移した」

「だけど、おたくのダーツが一本だけ消えてたら、どうしたって騒ぎになるだろ。実際、こうしてあっけなく露見しちまったじゃないか。彼女のやったことは窃盗で、立派な犯罪だぞ。衝動的だったとしても、あまりに向こう見ずな犯行だとは思わないか」

オレは疑問を口にした。するとアオヤマは、店員のほうを向いて言う。

「たぶん……応急措置を施した、壊れたダーツが手元にあったんじゃないですか」

彼女はそれに、こくんとうなずいた。

「使えるかもと思って、接着剤でくっつけたバレルがカウンターに……お客さんのダーツをいったん回収して、急いでバレルだけ交換して返すつもりやったんです。きれいにくっつけたから傍目にはわからんし、重心が少し狂ってしまって使い物にはならへんかったけど、そこそこの経験者でなければそれも気づけへんと思ったから」

チップはまだしも、シャフトやフライトがすり替わっていたら誰だってすぐ気づくに違いない。アオヤマのバレルを奪うには、最低でも彼のバレルから自分のバレルに、シャフトを移し替える必要があった。

「最初は半個室の入り口で、さっと交換する予定でした。シャフトだけなら、手際よくやれば脱着に一〇秒もかかりませんから。ミナトさんが三本ずつ投げてはるのを近くでさりげなく観察しながら、一本目を投げたタイミングで幕をくぐって、ペガススのダーツを手に取ったんです。あと二本投げ終わるまで、ミナトさんは振り返らへんはずでした……それやのに、ダーツがボードに弾かれて、ミナトさんがこっちを向きはったんです」

彼女の言うとおり、あのときオレは弾かれた矢を拾おうとして、後ろを振り向いた。むしゃくしゃしていつもより乱暴に投げていたので、そんなことが起きたのだ。

「反射的に体を引っ込めたけど、見られたかも、と思いました。しかもそのすぐあとに、トイレからお客さんが出てきはったんです。そのときわたしはちょうどシャフトを外したところで、元の場所にダーツを返しておくことは不可能でした。おかしな状況になってまうことはわかってたけど、その場を逃れるのでせいいっぱいやったんです」

その後、度重なる《不運》に邪魔された彼女は懲りて、アオヤマのダーツをポケットに入れたまま返す機会をうかがっていたのだという。ところが、思いがけず証人として呼ばれたことで、彼女の置かれた状況は一変した。

「わたし、ダーツを抜き取るところをミナトさんに見られたと思ってたけど、確信が持てませんでした。せやからまず、ミナトさんがこの件に関して何て証言してはるのか確かめようとしたんです。そしたら、ミナトさんは誰も入ってこなかったと言ってはることがわかって」

——わたしよりも、そちらの方に訊きはったほうが確実なんと違いますか。

そんな台詞で彼女は、オレの証言を巧みに聞き出したというわけか。

「単純に見られていなかったのか……それとも、かねてからの顔見知りですし、見たうえでかばってくれてるのか判断がつきませんでした。わたしはもちろん、誰かがここに入るのを見たと主張したかったけど、もしミナトさんがかばってくれてんねやったら、わたしが違うことを言えば、ミナトさんは即座に証言をひるがえして本当のことを言わはるでしょう。だからわたしには、ミナトさんに合わせる以外の選択肢がなかった」

アオヤマが半個室を離れた際に、彼女が見せた躊躇を思い出す。あのとき彼女はオレに訊きたくて仕方なかったはずだ——あなたはわたしがダーツを持ち去るところを見たのですか、と。

けれどもオレが見ていなかった場合、彼女はその質問で墓穴を掘ることになる。下手すれば通報さえされかねない。だから訊けなかったし、ダーツを返すこともできなかったのだ。

正直に白状すれば赦《ゆる》してもらえるとでも思っているのか、洗いざらいぶちまけた女性店員と、アオヤマがそろってこちらを向いた。オレはソファーの背もたれにふんぞり返り、彼らの無言の問いに答える。

「見てないぜ。一度ダーツを一緒にプレーしただけの店員をかばってやるほど、オレはお人よしじゃない。半個室に誰も入ってこなかったと信じ込んでいたのも本当だ。彼女がうまく引っ込んだから、気配さえ感じ取れなかったんだろう」

「そうですか……まぁ、何はともあれこれで一件落着ですね」

被害者であるアオヤマがそんなのんきなことをのたまうので、オレは耳を疑った。

「おたく、まさかこのまま彼女を帰そうってんじゃないだろうな。通報とはいかないまでも、店側に報告するとか、でなければせめて飲み代をタダにしてもらうとか、そのくらいはするだろ、普通」

ところが彼は、取り戻したダーツを愛おしそうになでながら言った。

「いいんですよ、もう。このダーツさえ戻ってくれれば、僕はそれでじゅうぶんなんです」

店員にしてみれば、地獄で仏に会ったようとはまさにこのことだったろう。中途半端に曲げた両腕をアオヤマのほうへ差し出しながら、彼女は姿勢を低くして訊いた。

「そ、それじゃあ……」

「行ってください。今日のところは、おとがめなしってことで。こんなこと、二度とやっちゃだめですよ」

「——ありがとうございます！」

彼女は前で手をそろえ、またしても首がもげるほどの速度で腰を折った。それからばたばたと半個室を出て、幕の外で再度アオヤマに向き直り、合掌した。アオヤマを真の仏に見立て、彼女はいまの短いやりとりのあいだに、すっかり信者と化したようだ。

どっと疲れを感じ、オレは首をぐるりと回す。アオヤマはまだ、ダーツを見つめてニヤニヤしていた。

「とんだ大バカ野郎だな、おたくは」

ストレートに罵倒すると、さすがに彼はいくらかむっとしたようだった。

「いいでしょう、別に。僕が赦すと言っているんだから。それに」

突如、アオヤマはこちらにダーツの先端を向けてきた。

「バカって言いますけどね、僕はちゃんとわかってるんですよ。ミナトさんが、彼女がダーツを盗ったところを見ていながら、見なかったふりをしていたことも」

虚を衝かれ、オレはごまかすことを忘れてしまった。

「気づいていたのか」

「入り口に背を向けていたのに、半個室に誰も入ってこなかったと証言した件は、やはり不自然ですからね。彼女が恐れたとおり、あなたはダーツが盗まれる場面を目撃していたんです。そのうえで、あえて偽りの証言をした。しかもそれは、彼女をかばうための嘘でもなかった」

それはそうだ。あの女をかばいたければ、オレは《見ず知らずの客が入ってきた》とでも証言したことだろう。

「そのせいで彼女は、あなたの嘘に振り回されることになったのですが……では、ミナトさんはなぜそんな嘘をついたのか。答えは、その嘘にうながされて僕がある行動を取ることを、あなたが望んでいたからだ」

アオヤマは、空いた手の親指と小指を立てて耳元に当てるという、古めかしいジェスチャーをした。

「ミナトさんは、このダーツが消えてしまったことを、電話を通じて僕の口から、贈り主に直接告白させようとしたんでしょう」

――女性店員がダーツを抜き取ったのを見たとき、オレの中で膨らんだ想像。

単にダーツが盗まれたのだとしたら、犯人がいつまでも店にとどまるわけがないので、アオヤマはあきらめるしかあるまい。けれど、もしダーツがどこへも消えるはずのない状況で、しかも一本だけ消えたとしたら、彼はどうするか。

惚れた女からもらった大事なダーツだ。どういう事情で消えたのかもわからないまま、簡単にあきらめられるものではない。わずかでも希望がある限り、まずは自分で見つけ出そうとするだろう。そして、それでも見つからなかったときは。

彼はきっと、意見を求めるだろう。不思議なことが起きるとたちどころに説明をつけてみせるという、聡明な恋仲の女に。

女はダーツの贈り主でもあった。自分がプレゼントしたものをなくされたと聞いて、いい気持ちのする人間はいない。どうしてちゃんと管理しなかったのか、そのくらいのことは考えるはずだ。ともすれば、二人の関係はぎくしゃくし、ダーツの腕前を披露する機会だって流れかねないだろう。

アオヤマは軽蔑に値する理由でダーツに興じていながら、ゼロワンでたまたまオレに勝ったことにより、女にいいところを見せる場面を妄想して浮かれ上がっていた。そんな彼に、女への電話をかけさせることで冷や水を浴びせられたならいい。そうした意地悪な心がはたらいて、オレは偽りの証言をしたのだ。

店員の犯行は暴かれたけれども、オレは体よく言い逃れたつもりだった。まさかそこまで見透かされていたとは。オレは立ち上がり、両手をポケットに突っ込んで言う。

「それも、女に教えてもらったのか」

「え？」

「どうやら女が聡明だというのは、オレの予想した以上だったようだな。けどな、これだけは言っておくぞ。オレはすでに、目的を達しているんだ。いまさら真意を悟られようが関係ない。おたくが女に電話をかけた時点で、オレの勝ちなんだよ」

ところがアオヤマは、照れくさそうに頭をかきながら思いがけないことを言った。

「いやぁ、まいったな。僕ね、結局、電話しなかったんですよ」

知らぬ間に、自分の口がぽかんと開いていた。その口に渇きを覚えるくらい長いあいだ、オレは一言も発することができなかった。

「……嘘をつくな。おたくはダーツの行方も何もかも、正しく見抜いていたじゃないか。女に教えてもらったんじゃなければ、どうやってそれを知ったっていうんだ」

身を乗り出し、オレはまくしたてる。アオヤマはきょとんとしていた。

「どうやってって、自分で考えたんですよ。トイレから戻ってくるのが遅かったでしょう。その間に、必死で頭をひねったんです」

「そう、トイレだ。おたく、トイレに行くときに、携帯電話を取り出していただろう」

「実を言うと、初めはミナトさんに言われたとおり、電話をかけようとしていたんですよね。でも、発信ボタンがどうしても押せなかったんです」

「何でだよ。大事なダーツを取り戻すために、手段を選んでいる場合ではなかったはずじゃないか。なのにどうして、女を頼らなかったんだ」

するど、アオヤマは再びダーツに目を落とし、ふっと微笑んだ。

そのときになってオレは、やっと思い知らされたのだ。ダーツでも、知恵でも、そして女との関係に対する挑戦においても、初めからオレは何ひとつ、彼に勝ってなどいなかったことに。

「だって、言えるわけないじゃないですか——あなたにもらった大事なダーツをなくしてしまいました、だなんて」

可視化する
アール・
ブリュット

a

極彩色の人間、むき出しの性器。

あるいは、命を宿したかのように跳ね回る、無数の線や円や文字。

あるいは、精密に再現された乗り物や街並み、古い映画のポスター。

空間を演出する意図さえ感じさせない、無粋な光量のライトに照らされた美術館の一室で、わたしはただただ圧倒されていた。歴史に名を刻んだ画家の絵を見たって感動を覚えないこともあるのに、いま目の前に陳列された、見ようによってはただの落書きや手なぐさみとすら思えるいくつもの《作品》は、そのどれもがいちいちわたしに強烈な印象を植えつけ、皮膚よりもずっと奥の部分まで震わすような叫びを投げかける。


芸術の訓練を受けない者だけが生み出せる、生《き》の芸術。小賢《こざか》しい表現技法などとは完全に無縁でありながら、それでもなお表現せずにいられない人々の、魂の訴え——これが、アール・ブリュット。

画用紙一面を埋め尽くす、ボールペンで描かれたおびただしい数の小人たちにじっと見入っているとき、ふいにあの感覚が訪れた。ガラスに水をかけたみたいに、目に映る世界はしだいにぼやけ、輪郭を失っていく。この生命において芸術だけが唯一の関心事となって意識を支配し、それ以外は何も見えなくなる。

——声が聞こえる。わたしに問いかける、声が。

「おまえの中にある芸術が見えるか？」

r

「おーい、凜《りん》！」

村治《むらじ》透《とおる》の声がして、わたしは盛りを過ぎた桜のそばで立ち止まり、後ろを振り返った。

四月も下旬に差しかかろうというのに、東京はまるで冬が出戻ったみたいに冷えていた。二週間ぶりに押入れから引っ張り出したコートのポケットに両手を突っ込み、かよい慣れた美術大学のキャンパスを歩くと、そこここを飾る植木がつけた若葉の緑も今日は心なしかくすんで見える。

その日の講義をすべて終えた夕刻、わたしはアトリエに向かうところだった。学内には、学生が課題の制作などのために自由に利用できる部屋が学科ごとに設けられており、わたしの在籍する油絵学科の部屋はアトリエと呼ばれている。

「大きな声出さないでよ、恥ずかしいでしょう」

駆け寄ってきた村治を責めるも、彼は悪びれもせずに笑う。

「これからアトリエだろ。一緒に行こうと思ってさ」

短髪にした髪は茶色く、ベージュのピーコートやタータンチェックのマフラーといった身なりはいかにもありふれた大学生のそれで、一見すると芸術を志した者らしさは感じ取れない。だが彼は、わたしと同じくここの油絵学科の学生であり、――もっと言えば、わたしの元恋人でもある。

早いもので、地元神戸を離れて東京にあるこの美大に入学し、丸二年が経過した。クラスメイトになった村治がわたしにすり寄ってきたのは、入学とほぼ同時だったと記憶している。付き合ってくれと言うから希望に添ったのに、一年にわたる交際ののち、別れを告げたのは彼のほうだった。その後、いろいろあって仲直りはしたものの、復縁を乞うでもないのに彼は、いまでも恋人であるかのようにわたしにつきまとい続けている。

「で、いい加減、何描くか決まったか」

肩を並べて歩き出すなり、村治は訊ねる。本学の油絵学科の全学生を対象にした、学内コンクールの話題である。外部から選考委員を呼んでおこなわれる、それなりに権威のあるもので、入選すれば構内に一年間作品が飾られるだけでなく、斯界《しかい》に名前が知れ渡るきっかけにもなるので、成績や進路に少なからず影響を与える重要なイベントだ。

「うぅん、まだ悩んでる」

わたしが首を振ると、村治は露骨に顔をゆがめた。

「おいおい、さっさと決めちゃえよ。間に合わなくなっても知らないぜ」

来月半ばの締め切りまで、もう残りひと月を切っている。もちろんサイズや画風にもよるが、いずれにしてもひと月というのは決して余裕のある時間ではなく、通常の学生生活と並行して制作しなければならないことを考慮すれば、村治の言うとおりもはや一刻の猶予もないとさえ言える。実際に、コンクールに向けてすでに複数の作品を完成させている学生もいると聞く。そんな時期に至ってもまだ、わたしは何を描くかすら決めきれずにいたのだ。

焦りがないわけじゃない。そこから生じる苛立ちをわたしは、隣の村治にぶつけた。

「昨日も話したでしょう。あなたのせいで、わたしはいっそう悩んでしまったの」

「そんな、冷ややかな目をするなって」

村治は肩をすくめた。いまは冷ややかだと言われても仕方ない状況だが、普段の眼差《まなざ》しと何も変わらないことをわたしは自覚している。気分のいいときでさえ、《怒ってるの》と相手をおびえさせることがままあった。表情に、かわいげがないらしいのだ。

とぼとぼと歩くわたしたちを、二人組の女子学生が笑い声を上げながら、足取りも軽やかに抜かしていく。その背中を目で追って、村治はため息をついた。

「深刻みたいだな、凜のスランプは」

わたしは昨夏のある個人的な騒動を思い出した。いまにして思えばなんと馬鹿げたことをしたものかと我ながら呆れるが、それは結果的に、とてもよい環境の変化をもたらした。うまくいってなかった母親との関係を修復し、実家から仕送りをもらえるようになった。それまで生活のために欠かせなかったアルバイトの頻度を減らし、そのぶんだけわたしは、美大生の本分である制作活動にめいっぱい打ち込めるようになる、はずだった。

なのに、どういうわけかそのころから、わたしは満足のいく作品をまったく生み出せなくなった。幼少期より絶えず寄り添い、熾《おき》のように熱を発してきた《描かずにいられない》という衝動や本能めいたものが、まるですっかり炭化したみたいに静まり返ってしまったのだ。

それでも技術面でなら、わたしはいずれの学生にも引けを取らないと自負しているし、事実その後も成績は高いままで維持してきた。でもそのために提出する課題に取り組むたび、当座をしのぐべく小手先で制作しているような感覚が離れなかったし、かと言って他に描きたいものがあるのかと問われれば、それも見当たらないというありさまだった。

母親の反対を押し切って美大に進学してからというもの、わたしは大手を振って芸術にどっぷり浸かっていられることが楽しくて仕方がなく、だからこそ苦しい生活にも耐え、必死で時間やお金をやりくりしながら真剣に作品を作り上げてきた。あのころのわたしがどこかへ行ったきり、半年以上も帰ってきてくれない。その焦りはいよいよ限界に達し、中途半端な気持ちでコンクールの作品に取り組む気にもなれずに、わたしは何を描くでもなく過ぎる日々を無為に見送っていたのだ。

「スランプ、ね。涸《か》れちゃっただけなのかも」

アトリエのある五号館へ入るときにわたしが洩らした自虐が、まさか聞こえなかったということはあるまいが、村治は応答とも無視ともつかぬことを口にした。

「オレなんかよりもよほど、凜は才能に恵まれてると思ってたんだけどな。芸術家肌って言うかさ……いや、だからこそ、そこまで思い悩むのかもしれないけど」

わたしがこんな風になってからというもの、村治は自分のこともそっちのけでわたしに、かつての情熱を取り戻すための治療めいた試みばかり繰り返している。ありがたいとは思う。応えられない自分が申し訳ないとも。けれども残念ながら、いまのところ奏功しそうな気配はなく、このごろではいっそ彼が見放してくれたら胸が痛まずに済むのに、なんてことまで考えてしまう。

「あまり買い被らないで。それに、村治だっていい絵を描くよ」

同情されるのが嫌でわたしは意味のないことを言ったが、村治はその顔にあからさまな失望の色を浮かべた。一度は恋仲だったのだから、彼は満田《まんだ》凛という人間のことを、場合によっては本人以上によく知っている。わたしが彼の絵にどのような評価を下しているのかも、芸術に関してはご機嫌取りのお世辞なんか決して口にしないということもわかっている。そのわたしがいま、心にもないことを述べたので、彼はいよいよおかしくなったらしいぞと思い、がっかりしているのだ。

手すりを頼って階段を上るあいだは、気詰まりな沈黙が続いた。二階のアトリエに着いて扉を開けると、そこにはすでに数名の学生がいて、コンクールに出すのであろう油絵の制作に取りかかっている。新たに入ってきたわたしたちには目もくれず一心不乱に取り組むさまは、以前ならその辺のビル群よりも無感動な光景であったはずなのに、いまでは自分にないものを見せつけられているようで苦しい。

逃げ出したくなる気持ちをこらえ、日陰を選んで歩むようにしてわたしは、立ち並ぶイーゼルや椅子の合間を縫って部屋の奥の戸棚へ向かった。壁一面にしつらえられた木製の戸棚は、学生が画材などの一時的な保管に利用するロッカーのようなもので、一口あたりのサイズも一般的なコインロッカーより一回り大きいといった程度だ。とはいえ百年近い歴史を誇る本学では建物や設備の老朽化が進み、それはこのアトリエとて例外ではなく、戸棚にもあちこちガタがきているのが寂しい。苦情が出ないのをいいことにわたしがずっと占拠している、中央に近い一口も、上の棚との境にあたる板に百円玉大の穴が開いているといった始末である。

昔は戸に鍵もかからなかったようだが、学生にとって削ることのできない経済的負担となる画材の盗難が相次いだため、現在では金具に南京錠をかけて施錠する仕組みになっている。ストラップの代わりに携帯電話に結びつけてあるキーを使って南京錠を開けると、わたしは戸棚からクロッキー帳を取り出し、もう何百回とながめたデッサンのページを性懲りもなく広げた。

そして、短い悲鳴を上げた。

「えっ」

それまでわたしの存在すら認識していないようだった学生たちが、いっせいにこちらを振り向いた。少し慌てたように村治が、わたしのそばに身を寄せて言う。

「大きな声出すなよ、恥ずかしいだろ」

「別に、村治に恥じられる筋合いは……それより、見てこれ。わたしのデッサンに落書きされてる」

クロッキー帳を差し出すと、村治は近眼でもないのにぐっと顔を近づける。束の間そうしてから姿勢を戻し、戸棚に目を走らせつつ彼は言った。

「でも昨日、ここにしまったときには落書きなんてなかったろ。それからいまに至るまで、この戸棚を開けることができたのはキーを持ってる凜ただひとりなんじゃ」

指摘されて初めて気がついた。たしかに戸棚にしまって以降、わたしを除いては誰もこのクロッキー帳に触れることさえ叶わず、まして落書きなどできるはずもなかったのは間違いない。

「だけど、それならどうしてデッサンにこんな落書きが出現したって言うの」

まぎれもなくわたしがクロッキー帳に描いた、渓流のある風景を写したデッサンの中で、奔放に遊び回る落書きを——アール・ブリュットに見たような、ボールペンで描かれたたくさんの小人たちをながめながら、わたしは首をひねるしかなかった。

t

《小人》を発見する前の日の、夕方の出来事である。

アトリエにてわたしは、イーゼルにクロッキー帳を広げ、木箱のような椅子に腰かけて自身のデッサンと向き合っていた。

コンクールに向けて一度、風景画のデッサンをした。モチーフの選択にさんざん悩んだあげく、近場ではやり直しが利くせいで身が入りそうにないからと、わざわざ奥多摩まで出かけた。水が流れている風景にしたのは、その瞬間は美しく感じたという以上の理由もなかったが、いまにして思えばそれが誘い水となって、体内から目に見えない何かが流れ出てくれることを期待していたのかもしれない。

春の陽気に包まれた河原は空気も澄んで心地よく、わたしは苦悩することもなくデッサンを終えた。仕上がりは満足のいくものだったし、帰りの電車に揺られながらわたしは、これでコンクールのための制作に没頭できそうだと思い、いくらか心を軽くしていた。久方ぶりに感じた手応えに安堵《あんど》し、デッサンの構図そのままに油絵を描き上げることしか頭になかった。

ところが翌日大学へ行き、アトリエに持ち込んだクロッキー帳を開いたとたん、あれほど手応えを感じていたはずのデッサンが、何の感動もない陳腐な風景としか見えなくなった。安くない対価を払って専門知識を学び、少なくとも人生の一時期を油絵に捧げているわたしの描いた絵が、単なる趣味や暇つぶしでスケッチをする人のそれとどこが違うのか、わからなくなってしまったのだ。

重症だ、と自分でも思った。いったん上出来だと感じたものが、翌日にはもう褪《あ》せて見えたことなどいままでなかった。そんなはずはない、たしかにいいデッサンができたのだと言い聞かせ、クロッキー帳をためつすがめつしながら構図を練ってみるけれど、いっこうにしっくりこない。かと言って、なまじ上出来だと思った覚えがあるだけに、その感触にすがりたくて、またここで手放してしまえば二度とは戻ってこないのではないかというおびえもあり、新たな絵を描く気にもなれない。——そうしてわたしはもう一週間以上も、デッサンを前に目を向けたり逸らしたりの繰り返しで、その日も変わらず空疎な時間だけが流れていた。

「何やってんだ、凜。眉間に深い皺《しわ》作ってさ」

ぼんやりしていると、村治が声をかけてきた。わたしがアトリエに入ったときには、彼の姿はなかったはずだ。気づかないうちにやってきて、わたしのそばに立っていたらしい。

「まだ、全然決まらなくてさ。コンクールの絵、どうするか」

このコンクールに限らず、村治はことあるごとにわたしの制作の状況を訊ねるので、わたしは今回の迷いもすべて彼に告白していた。長らく進展がないことにやきもきしている様子で、彼はわたしを急かす。

「いつまでもそうやって、デッサンながめてても仕方ないって。描けないから描かない、で済むことばかりじゃないんだぞ」

村治に説教されるのは癪なのだけれど、完全に彼の言うとおりだった。生まれないときはどうあがいても何も生まれない、それが創作活動というものだろうとは思う。

けれどもこの道を志したのなら、ただの自己満足にとどまらず評価や、価値があることの証明としての対価を求めて作品を生み出していきたいのなら、求められるものに応じるとか、期限を守って仕上げる能力だって少なからず必要となるに決まっている。そうした能力を備えていてなお、絵を描くことで生きていける人なんてほんの一握りに過ぎない——まして自分の本能にのみしたがっていても満足な評価や対価を得られる人など、実在しているのかどうかさえ疑わしい。

つまりはコンクールの締め切りすらも守れないような人間などしょせん、向いていないということなのだ。わかってはいる。けれど一番痛いところを突かれ、わたしの中で醜い感情が首をもたげたのは、もう自分では制御できないことだった。わたしは堪《こた》えてもいないふりをしながら、とても残酷なことを村治に告げた。

「一度は決まりかけてたんだけどね。やっぱりこのデッサンを活《い》かそうって」

「じゃあ、そうしてみればいいじゃんか。悪くないと思うよ」

「でも、だめ。アール・ブリュット展に行ってからは、とてもこんなデッサンでは描けないって思うようになっちゃった」

はっきり言って、村治という男は単純だ。顔を見れば何を考えているか手に取るようにわかるし、感情を誘導することくらいわけない。そのときも彼は、まるでパレットに絵の具を落とすように、わたしの悪意をすっかり表情に反映してみせた。

「そんな……よかれと思って、教えたんだけど。アール・ブリュットのこと」
眉を八の字にする村治を見て、すぐに気の毒なことを言ったと後悔した。けれども
わたしは村治とは対照的に、感情が態度に出ないそうである。素直に謝れず、前言を
撤回することもできずに、言い訳じみた彼の発言を黙って聞いていた。
「ほんの気分転換にでもなれば、って思っただけなんだ。ちょっとした刺激っていう
かさ。ほら、凜って基本的な技法とかはすごくきちんとしてるし、そういうのに重き
を置いてるのも知ってたから、あの手の芸術を見たところで根幹が揺らぐことはない
だろうって」
数日前、都内の美術館で開催中のアール・ブリュット展を訪れたのは、先に一度鑑
賞して感銘を受けたらしい村治が、「凜も行っといたほうがいいよ」としきりに言っ
てきたからであった。正直、彼がその話をした時点でもわたしは、さして興味を持て
ないでいた。いや、ほんの少し時期が違っていたなら、たとえ同じものを見たってあ
れほどの衝撃を受けることもなく、わたしの心を素通りしていただろう。
アール・ブリュットとは、フランスの画家デュビュッフェが一九四五年ごろに提唱
した概念であり、芸術を学んだ経験を持たない者による芸術、というのが本来の意義
である。狭義には知的障害者や精神疾患患者によって制作される芸術作品を指すこと
もあるが、これは間違いと言うべきで、アール・ブリュットであるかそうでないかの

区別はあくまでも訓練の有無に拠る。したがって、芸術教育を受けていないすべての人は今後アール・ブリュットを生み出す可能性を秘めているのであり、実際にアール・ブリュット展で取り上げられていたものの中には、おそらく健常者の手になるであろう作品も複数含まれていた。英語では《アウトサイダー・アート》と訳されるが、わたしはやはり《生の芸術》という意味を持つアール・ブリュットという表現のほうが好きだ。

コンクールのことで迷いがあったのは事実なので、わたしは結局、村治の言葉にしたがってアール・ブリュット展を見にいった。その結果、ますます迷いを深くした。しっかり教育を受けている以上、わたしにアール・ブリュットが生み出せるはずはないのだけれど、知識や技法を活用する《描く》という段階に至るまでをずっとさかのぼった先にある、源流とも言うべき欲求は、アール・ブリュットの芸術家たちと何ら差がないはずである。そんな欲求がいま、果たして自分に備わっているのか——どれだけ体内を探し回っても、ちっとも見えてきやしないのだ。

ひとしきりうろたえたあとで村治が口をつぐむと、わたしはいたたまれなくなって椅子から立った。どこ行くんだよ、という村治の問いに、顔も向けないままで答える。

「散歩だよ。ただの気晴らし。また戻る」

あなたこそ、自分の作品のことに専念したらどうなの。さすがにそこまでは口に出さなかった。

アトリエを離れて階段を下り、五号館の外に出る。隣の四号館には彫刻学科の工房があった。窓から室内をのぞいてみれば、男子学生が額に汗をかいて石を人の形に彫っている。三号館では映像学科の学生たちが、大きなスクリーンにアニメーションを投影しながら編集作業をおこなっていた。同じく三号館、舞台演出などを学ぶ空間デザイン学科の部屋では、低いステージの足元に白い霧が立ち込めていて本番の舞台さながらである。

本学の入試の倍率は全体で五倍前後と、志の低い者がやすやす突破できるような関門では決してない。だからこそ、実技をともなう厳しい試験を勝ち抜いた学生たちは、程度の差はあれ入学当初はいずれも、広義の芸術家になることを、自分の才能によって身を立てていくことを思い描いているはずだ。

けれどもそうした学生の多くが卒業後、ここで学んだこととはさほど関係のない職に就き、芸術と呼ばれる活動からもしだいに縁遠くなっていく。才能のなさを自覚する者、生計が成り立たないという現実に打ちのめされる者、まったく別の目標を見つける者など理由はさまざまだが、そうした無数にある枝道に逸れることなく芸術家と目される職にありつく者など、一学年千人中いったい何人いるのだろうか。ましてデザインや映像ならまだしも、油絵などはもっともここでの経験を活かす道のない学科のひとつであり、その現状と言ったら美術の教員になる以外に何があるだろうかと首をかしげてしまうほどなのだ。

わたしももう三年生だ。卒業後の進路を定めなくてはならない時期に差しかかっているし、ポートフォリオを携えて就職活動に精を出している学友がたくさんいるのも知っている。こんなところで、学内のコンクールなんかで、つまずいているわけにはいかないのだ。

工房が集中している棟からも距離を置いてたっぷり一時間は歩き、アトリエに戻ったころには陽が沈みかけていた。村治は七割がた完成した自身の油絵と向き合っていたが、わたしが広げっぱなしにしていたクロッキー帳を持ち上げると、もう帰るのか、と声をかけてきた。

「うん。今日はもう、何も決まる気がしないから」

「なら、一緒に帰ろうぜ。オレも今日はもう終わり」

こちらの返事を待たず、村治はキャンバスや画材を片づけ始めた。なぐさめたいのか励ましたいのか寄り添いたいのか知らないが、いずれにしても遠慮したい気分なのにわたしは、断ることもできないでいる。

いつもの戸棚の南京錠を開け、そこにクロッキー帳をしまうとき、ふいに寒気がした。窓の外に目をやりながら、わたしはつぶやく。

「ずいぶん冷えたね」

「天気予報で言ってた。今夜から明日にかけて、真冬の寒さが戻るって」

村治は答え、わたしのひとつ上の戸棚に荷物をしまう。そろって南京錠をかけ、二人並んでアトリエを出るときには、残っていた学生たちに遠慮のない目を向けられて閉口した。帰り道は案の定、会話が弾むこともなく、アスファルトの舗道を歩くわたしたちはまるで迫る寒気に仲まで冷やされたカップルのようだった。


――つまるところ、わたしがアトリエに戻った時点でクロッキー帳は問題のデッサンのページを開いていたのであり、落書きに気づかなかったとは考えられない。そして、戸棚にはきちんと南京錠がかけられていた。戸棚は古いぶん構造が特殊で、簡単に分解して元に戻せるようなものではない。また、わたしはクロッキー帳を戻す際に自分で南京錠を開けているので、南京錠ごとすり替えるという方法も使えなかったはずだ。

ならばなぜ、わたしのデッサンに小人が出現したのだろうか。

b

「──で、その謎をお姉ちゃんに解き明かしてほしいってわけね」

電話越しに聞こえる切間美空《みそら》の声はいつもどおり明るく、わずらわしいお願いを引き受ける態度には感じられない。

美空さんは、わたしや村治の所属する軽音楽サークルの先輩だ。と言っても大学は別で、彼女はいま総合大学の院生である。つまりは複数の大学の学生が寄り集まったサークルなのだが、そんな中に入学当初から身を置いても社交的になれないわたしに、美空さんはどういうわけか目をかけてくれている。わたしがお金に困っていたころには何度もご飯をおごってもらったし、村治とのことで相談にも乗ってもらった。優しくて、いつでも前向きで、大好きな先輩だ。

「そうなんです。よろしくお願いします。お姉さんならきっと、すぐに真相を見抜いてくれるんじゃないかって」

夜、自宅にてわたしは、平たいクッションの上で膝を崩して電話をしていた。そばの座卓には例のクロッキー帳が広げられている。夕方に発見した小人は、いまも変わらず渓流のまわりで群れ、戯れていた。しょせんはただの落書きだし、デッサンを台なしにされたことに対する怒りはない。むしろ、デッサンが使えなくなったことでいくらかせいせいしているほどだ。ただ、彼らが出現したわけを知らないことには、やはりどうにも薄気味悪かった。

「なるほどね。うちのお姉ちゃん、何かと役に立つからね」

皮肉めかした美空さんの口調に、わたしは相手に見えないと知りつつ、慌てて首を左右に振った。

「あのわたし、そんなつもりじゃ」

「あはは、いいのいいの。あんなことがあったら、お姉ちゃんのこと、千里眼でも持ってるんじゃないかと思うのは当然だもんね。お姉ちゃんもきっと、喜んで協力してくれるよ」

昨夏の個人的な騒動。それは、母親との不仲や村治との別れが原因で、わたしが自発的に行方をくらましたというものだった。そのときは美空さんや村治が探しにきてくれてことなきを得たのだが、あとになって隠された事情を見抜き、事態を円満に収拾してくれたのが、ほかでもない美空さんのお姉さんだった。美空さんによれば、お姉さんはすぐれて聡明な頭脳をお持ちらしいのだ。

だから小人の出現の真相を知りたいと考えたとき、真っ先に頭に浮かんだのが美空さんのお姉さんだった。そして、どうせなら少しでも早いほうがいいと思い、その日のうちに美空さんに電話をかけてみることにしたのである。

「凜自身はいま、特に何の考えもないのね……ほら、たとえばその、心あたりとか」

美空さんが問う。奥歯にものがはさまったような言い方なのはおそらく、落書きが悪意ある何者かによってなされた場合を想定しているからだろう。お気遣いいただいて恐縮なのだが、学校では村治を除けば、そもそも恨まれるほど深く人と付き合っていない。心当たりはまったくなかった。

「わたしからお話しすべきことはないんですが……村治は、おまえの中でしばらく眠ってた芸術が知らぬ間に目覚めたんじゃないか、なんて言うんです。つまり、無意識のうちにそういうものを描いたんじゃないかって」

それだけ聞けば突飛な発想だが、戸棚を開けられるのがわたししかいなかった以上、村治がそのような考えに至ったのも無理からぬことかもしれない。が、美空さんは言下に切って捨てた。

「まーた適当なこと言いやがって。このダメ村治め」

わたしは苦笑する。美空さんはわたしをかわいがる反面、村治のことは目の敵にしているのだ。もっともそれは表面上というか一種のコミュニケーションで、思春期の男の子に対する母親の小言のようなものだとわたしは解釈している。

「ま、いいわ。聞いといてあげるから。何かわかったらまた連絡する」

「ありがとうございます」

「このところ私も何かと慌ただしいからさ、ちょっと時間かかるかもしれないけど、気長に待ってて」

言い終わりぎわ、美空さんは電話を通じてもわかるくらい大きなあくびをした。聞けば大学院生としての最後の一年を迎え、多忙な毎日を送っているという。体力は消耗しているのかもしれないが、精神的にはむしろ充実していることが、その口調からはひしひしと感じられた。

ふと、訊いてみたくなったことがあった。

「美空さんは、いま大学院で学んでいることを将来に活かす予定がありますか」

すると美空さんは、慎重になっていることがうかがえる間をはさみ、言葉を返した。

「私はそりゃ、そのために院に行っているようなものだからね」

卒業後に資格を取って、人の心をケアする仕事に就くのだそうだ。初めて聞く話ではなかったが、意識から抜け落ちていた。なるほどわたしとは違って、学んだことを活かせるという意味ではわかりやすいケースかもしれない。

わたしがこんなことを訊いた理由も、美空さんはちゃんと見通していて、だから次のようなフォローも忘れなかった。

「でもさ、そんな人ばっかじゃないよ。大学院までかよいながら、専攻とは関連のない職種を選ぶ人だって全然めずらしくないんだから。《学んだことを活かす》っての は何も、そこで得た知識や技術に固執することだけじゃないでしょう」

固執する。わたしは学んだことに固執しようとしているのか？

「ある分野への理解をきっかけに視野を広げてみるだとか、自分の能力や適性を知るというのも、活かしたうちに入るんじゃないの。新しい世界での経験を通じて、学んだことがさらに熟成する場合だってあるわけだしさ」

美空さんの言うことは正しい。頭ではそう思っているのに、胸のうちまではすっと染み込んでくれなかった。心から、わたしを応援してくれているのを感じる。しかしそれらの言葉はどうしても、いまのわたしには気休めのように聞こえてしまうのだ。

面倒をかけてばかりいることを詫び、電話を切った。

わたしはまだ、村治の発言が引っかかっていた。アール・ブリュット展で見た小人と、デッサンに出現した小人の類似が、単なる偶然とは思えない。記憶にないが、仮に自分で描いたのだとすれば、その類似も戸棚の南京錠の件も説明がつくし、今日の夕方までに機会はいくらでもあった。それに、世界の輪郭があいまいになるあの感覚を思い出すにつけ、あれがさらに進んだら記憶が抜け落ちることだってあるのではないか、という気がしてくるのだ。

自宅にも備えているイーゼルの上にわたしは、開いたままのクロッキー帳を載せた。椅子代わりの段ボールに座り、デッサンの小人にじっと目を凝らしていると、しだいにその周囲がぼやけ始め、正面にあるデッサン以外は何も見えなくなっていく。この小人たちがもう一度、わたしの中から生まれようとしているのだろうか?

またしても、問いかける声が聞こえた。

「おまえの芸術は見えるようになったか？」

――わたしの芸術？　こんな、模倣の小人が？　こうしてながめているだけで、勝手に芸術が生まれるわけもないのに。

瞬時に視界はクリアになり、あの感覚は消え失せる。何も生み出せない自分にいらついて、わたしはクロッキー帳ごとイーゼルを、乱暴になぎ倒した。

r

物心ついたころから、とかくわたしは絵が大好きだった。

見ることにも、描くことにも夢中で、絵というものを前にするとしばしば、周囲の世界がぼやけて意識から消え失せた。そのせいで何度も痛い目を見た。画集を買い、帰宅するまで我慢しきれずにながめながら道を歩いて、自動車の鳴らしたクラクションに驚き側溝に落ちたこともある。同じ姿勢で長時間絵を描きすぎて、膝にあざを作ったこともある。後悔するのは自分なのに、絵について考え始めると結局、それ以外のことは思考の埒外《らちがい》に置かれ、似たような過ちを繰り返すのだった。

そんなわたしの危なっかしい嗜好《しこう》を、母はあまり快く思っていなかったようだ。わたしが何かやらかすたび、決まって母は言ったものだ——こんなに生傷が絶えないと、まるで私が折檻《せっかん》しているみたいに思われるじゃない、と。

だから親とのあいだに一悶着《ひともんちゃく》こそあったものの、念願叶って美大へ進学することになったとき、わたしは本当にうれしかった。美大生であるという大義名分のもとに、自分の好きな絵のことばかり考えて毎日を過ごせる。少なくとも四年間、そんな生活が保証されている。想像するたび、実感するたび、うれしさに震えた。

二年前の四月、入学式の日。油絵学科の学生は、名前の順に三つのクラスに割り振られ、わたしはC組になった。その晩、一学年上の同じC組に所属する先輩方の計らいで、新入生どうし親睦を深めるためのクラスコンパが開かれ、八割くらいの学生が出席するというのでわたしも参加した。人と群れるのは得意でないとはいえ、進んで遠ざけるほど付き合いが悪いわけでもないのだ。二次会のカラオケでマイクを渡されれば、場を盛り下げることはないであろう曲を選んで歌いもした。

「きみ、歌うまいね。思わず聴き入っちゃったよ」

マイクを他の女子学生に回したとき、ふいになれなれしく声をかけてきた男子学生がいた。ありがとう、と無難に応じると、未成年のくせに慣れない酒を飲んだせいか頰を紅潮させて彼は続ける。

「オレ、ギターやっててさ、今度軽音楽サークルの新歓をのぞいてみようかと思うんだ。よかったら、きみも一緒に行ってみない？」

そのときはただの社交辞令と思い、適当に首を縦に振っておいた。その後、彼はまた別の学生のところへ行き、わたしとは解散まで一言も口を利かなかった。

――それが、村治透との出会いだ。満田姓のわたしとは、クラスも同じになるわけである。

翌日、学校では課題の回収があった。入学までの三ヶ月間、新入生はクロッキー帳に一日一枚のペースでデッサンをして、まとめて提出しなくてはならないのだ。

朝、わたしが講義のある教室に着いてバッグからクロッキー帳を出していると、またしてもふいに声をかけられた。

「満田さん、課題持ってきた？　ちょっと、見せ合いっこしようよ」

村治である。一度言葉を交わしたくらいでもう、親友にでもなったつもりであるかのような態度だった。まだ空席もたくさんあるのに、わざわざわたしの隣に座っている。

いまよりはつたなかったと思うが、当時でも絵の技術にそれなりの自信を持っていたわたしは、村治の提案を拒まなかった。交換したクロッキー帳を開くと、村治のデッサンは下手ではなかったがこれと言って見るべきところもなかった。対する村治はわたしのデッサンに目を丸くしていた。クロッキー帳を返してもらってからは、村治は先ほどまでとは打って変わって言葉少なになり、そっぽを向いてしまった。

翌日より、村治は再びわたしをサークルの見学に誘うようになった。あまりにしつこいので一度だけという約束で付き合ったところ、イベントに巻き込まれて否応なしに部員の前で一曲歌わされることとなり、その曲が終わるころには美空さんにも気に入られ、サークルに加入しないとは言えない状況に追い込まれていた。サークルにかようちに村治ともおのずと距離を縮め、やがて彼の求めに応じ、男女の交際に至ったというわけだ。

これでもまだ、いまではいくぶんマシになったと思うが、入学当初のわたしは自覚できるほどに、それはかわいげがなかった。うつむいて絵を描く際に邪魔になるので、髪の毛はいつもベリーショートにしていたし、着衣なんてジーンズにパーカがせいぜいで、奇抜な服装でセンスをアピールしたがる他の学生を軽んじてすらいた。自分の絵の技術に自信があったから、見てくれなどというつまらないことで虚勢を張る必要はないと考えていたのだ。振り返っても、つくづくかわいげのない女だった。

それでも村治は、そんなわたしのことを好きだと言ってくれた。明るく社交的で、初対面の相手ともたちまち打ち解けてしまう彼には、学校やサークルやアルバイト先にたくさんの女友達がいたのに、である。思うにそれは、絵描きとしての尊敬と恋愛感情とを少なからず混同していたのではなかろうか。彼にもプライドがあるからか、はっきりとは表明したがらなかったものの、彼がわたしの絵に畏怖のような念を抱いているのは態度から明らかだったし、憧れがいつしか恋愛感情に変わることなど世間ではめずらしくもないはずだ。

村治にしてみれば、かわいげもなく相手を楽しませようともしない、喜ぶようなことをしてもらったところではしゃぐでもないわたしと付き合っていても、張り合いもなければ幸福感も得られなかったのではないかと思う。が、少なくともわたしは村治といて楽しかったし、彼のおかげでそれまで知らなかったいくつもの感情を味わうことができた。

――だから、彼が突然別れを口にしたとき、わたしは動揺し、大いに悲しんだ。そのとき彼が言ったことを、わたしはいまでもはっきり憶えている。

ちょうど一年前のことだ。そのころわたしは、昨年の学内コンクールに提出する油絵の制作に取り組んでおり、寝ても覚めても作品のことばかり考えていた。わたしの自宅に遊びに来た村治を放置して、広げた新聞紙の上に立てたイーゼルに向かい、キャンバスに塗りを進めていると、まるで足元に転がる石を蹴飛ばすような何気なさで、村治がぽつりとつぶやいた。

「別れよう、オレたち」

少し遅れて見た村治の顔は、自分でも何を言ったかよくわかっていないようだった。

「どうして。わたし、何かしたかな」

わたしは問いただす。こんなときだけ作り笑いを浮かべられる自分を、皮肉だと思った。

「ごめん、いまのなし。聞かなかったことにして」

いったんは村治も撤回しようとしたが、ひとたび絵筆を払ってしまえばキャンバスは元の色に戻らない。わたしが黙って首を横に振ると、彼はあきらめたようにしゃべり出した。

「オレたちもう、付き合って一年になるけどさ。その間も凜は、ちっともオレのほうを見てくれていなかったよな。オレという人間なんか、そこに存在していないみたいに扱う瞬間が何度もあったんだ」

たとえばいまのように。言葉にこそしなかったが、村治がそう言いたかったのは伝わった。絵を描くことに夢中になっているとき、わたしには身の回りの世界も、その中にいる村治もまるで見えてはいない。

「そういう凜の姿を見ていたらオレ、邪魔なのかなって思ったよ。凜にとっては、自分なんかいないほうがいいんじゃないかって思えてしまうんだ」

「そんなことないよ。いまはただ、コンクールに集中したいだけ」

わたしは反論した。すると、村治は体のどこかが痛んだみたいに目を伏せて、言ったのだ。

「じゃあさ、凛はオレの肖像画を描ける？」

村治の、肖像画。思わぬ問いかけに固まるわたしをよそに、村治は続ける。

「オレの顔、見ないで描けるくらい、ちゃんと憶えてくれてる？　一年も付き合ってきたんだぜ。でもきっと、凛には無理なんじゃないかな。だってオレのこと、全然見てくれていなかったから」

その言葉にわたしはひどくショックを受け、答えることはできないと思った――そしてその瞬間、わたしは村治との別れを受け入れることを決めたのだ。

u

テーブルに届けられたコーヒーを一口飲むと、美空さんはふふんと笑って言った。

「悪くないけど、お姉ちゃんの淹れるコーヒーには劣るね」

数日後、夜の九時過ぎ。わたしたちは、所属するサークルが根城としている美空さんの大学の、近くにある喫茶店にいた。チェーンだが各テーブルを個室のように囲む上品な造りは、入りやすさと落ち着いた雰囲気とを程よく兼ね備えていて、学生を含む幅広い層から人気が高い。

わたしと美空さんは、四人掛けのテーブル席に向かい合って座っていた。美空さんに話があると言われたので、彼女の大学院での日課が終わるのを待ってこちらから出向いたのだ。電話で済まさずにわざわざ呼び出すほどの話と言えば、例の件をおいてない。

「お姉ちゃんに聞いたよ。すぐにわかったみたい」

助走めいた雑談もそこそこに、美空さんは本題に入った。わたしはうなずき、先をうながす。

「要するに、その落書きの小人がボールペンで描かれてる、ってところがミソなんだよね」

美空さんは言い、キャメルのライダースジャケットに差していたボールペンを抜き取った。そして店員がテーブルに置いていった紙の伝票を引き寄せると、いきなりそこに落書きを始める。あっという間に、五人の小人が描かれた。

「大丈夫なんですか。そんなことして」

たまらずわたしが声をかけると、美空さんは不敵な笑みを浮かべる。そしてボールペンを逆さにし、頭の部分で伝票の小人をこすり出したのだ。

直後に差し出された伝票を見て、そこにいたはずの小人が消えているのを確認したときも、わたしは驚かなかった。

「消えるボールペン、ですか」

美空さんは、なんだ知ってたの、と少しつまらなそうにした。

「熱に反応して無色になる、特殊なインクが使われているんだよね。だからボールペンの頭についているゴムでこすると、摩擦熱によって線が消える」

「でも、デッサンの落書きは消えたんじゃないですよ。出現したんです、わたしが戸棚にしまっているあいだに」

抗議するわたしに、美空さんは手のひらを向けて《まあまあ》となだめるようなジェスチャーを示した。

「これさ、実は可逆反応なんだよね。つまりこの伝票を冷凍庫にでも入れてしっかり冷やせば、さっき私が描いた小人はまたくっきり浮かび上がるってわけ」

そんな特性があったとは知らなかった。消した線を元に戻したければ再び書けばいいのだから、必要になるシチュエーションもそう多くはなさそうな気がした。

「ってことは、一度このボールペンで描いた小人を消しておいて、戸棚の中を冷凍庫くらい冷やすことができれば――」

「できっこありませんよ、そんなの。たしかにあの晩は寒かったけど、それでも氷点下までは冷え込みませんでした。まして冷凍庫並みだなんて、とても」

たとえば戸棚に保冷剤でも入れておけば、それなりに冷やすことはできたかもしれない。が、そう広いわけでもない棚に見覚えのないものが入っていれば、わたしだってクロッキー帳をしまう際に気づいただろう。

ところが美空さんの自信は揺るぎない。お姉さんからの伝聞であるはずなのに、まるで自分で考えたと言わんばかりだ。

「そうそう、あの晩は冷えたんだよね。だから凜は気にも留めなかったんだ、戸棚を開けた瞬間に感じたという寒気のことを」

たしかにわたしは寒気を感じ、美空さんにもそれを教えてあった。では、あの時点で戸棚にはすでに、冷気が溜まっていたということか。

「でも、あのときわたしが開けた戸棚の中に、不審なものなんて何も」

美空さんは、ちっちっと指を振った。

「中じゃないんだな。上だよ。言ってたでしょ、老朽化が激しくて上の棚との境にも穴が開いてるって」

その情報も、わたしから美空さんに伝えたものだ。なるほど冷気は下方へと流れるから、あの百円玉大の穴を通じてなら、わたしの使っていた棚を冷やせたかもしれない。が、たとえ大量の保冷剤などを用いたところで、そこまで温度を下げられるだろうか。あるいは穴の幅より小さく砕いた氷を落とすという手もあるが、そんなことをすれば棚の中はびしょびしょになり、明らかな痕跡が残るだろう。

わたしの思案を見透かしてか、美空さんはヒントをくれる。

「いったんアトリエを出て散歩しているとき、他の学科の部屋をのぞいたって言ったよね。舞台演出を学ぶ学生たちが、ステージに霧を張っていたって」

それでピンときた。「ドライアイスですか」

そういうこと、と美空さんは微笑む。保冷材は冷凍庫で凍らせるものなのでせいぜいマイナス二十度であるのに対し、ドライアイスは昇華点でもマイナス七十九度なのだそうだ。たとえ境となる板に開いた穴を通じてであっても、クロッキー帳を冷やすには相当な威力を発揮したに違いない。

「ここまでくれば、あとはつなぎ合わせるだけだね。——その日、散歩と称してアトリエを出ていった凜が広げっぱなしにしていたデッサンを見て、そこに凜以外の誰にも描き得ない状況で小人が出現するよう一計を案じたやつ、つまり犯人がいた。まずクロッキー帳に、この消えるボールペンで小人を描いて、こすって消す。次いでいまさに霧が張られている空間デザイン学科の部屋へ行き、ドライアイスを分けてもらうと、それを凜のひとつ上の戸棚に入れ、本か何かで穴をふさいでおく。そうしておかないと、凜が戸棚を開けたときにドライアイスの煙が溜まっていて、気づかれてしまうかもしれないからね」

現場を見たことすらないにもかかわらず、美空さんの説明は実に明快で、あの日の光景が目に浮かぶようだった。

「それから戻ってきた凜がクロッキー帳を戸棚にしまうのを見届けると、犯人は自身も画材などを入れるふりをして、穴をふさいでいたものを取り除いた。これで一晩のうちにクロッキー帳はしっかり冷やされて小人が出現するとともに、ドライアイスはすっかり溶けてなくなり証拠も残らないってわけ。ちなみに、そのときアトリエには他の学生もいたそうだから、凜のクロッキー帳に落書きをしたり、戸棚にドライアイスをしまったりする様子を誰ひとり見とがめないのは変だよね。たぶんあらかじめ全員に事情を話し、了解を得ていたんだと思う。帰ろうとした凜が感じた視線は、おそらくそこから来る好奇の表れだったんじゃないかな」

なんと、あの視線にまで意味があったのか。単純に、肩を並べて帰っていく男女をひやかしたいのだろうと解釈していた。洩れなく詳細を伝えたのはわたしだが、そんな些細《ささい》な手がかりをも抜かりなく拾い上げるお姉さんの鋭さに、わたしはあらためて感服した。

「……さて、と。これだけ話せばもう、誰がやったのかはわかるよね」

ちょっぴりくたびれたように、美空さんは首を回して問う。もちろんだ。アトリエにいたすべての人に協力を要請し、他の学科の学生にドライアイスを分けてもらうという社交性の高さを、特徴として挙げるまでもない。上の戸棚を利用していたのが誰だったか、わたしはちゃんと憶えている。

「どうしてそんなこと、したのかな」

わたしは左に顔を向け、訊ねる。美空さんもまた、わたしの左隣に視線を移していた。

「……何とかしなきゃって思ったんだ」

村治透は、しぼんでしまった風船みたいに、わたしの横で身を縮こまらせていた。

――村治も一緒に連れてきて。それが、わたしを呼び出すときに美空さんが付け加えた注文だった。わかりましたと返事をした時点で、彼の仕業なのだろうな、という予感はあった。村治に声をかけると彼は同行を拒まなかったが、喫茶店へ向かう道中の横顔にはどこか観念しているような気配が見て取れた。実際に何もかもが美空さんの言うとおりだったからだろう、小人の秘密がみるみる解明されていく間も、村治はただの一言も発さなかった。

「何とかしなきゃ、って？」

美空さんが首をかしげても、村治はわたしに語りかけている体を崩さなかった。

「憶えてるだろ、凜。散歩のためにアトリエを離れる直前に、オレと交わした会話の内容を」

むろん、憶えている。彼のことを気の毒だと感じ、自分の発言を後悔もした。はっきり思い出せるからこそ、うまく言葉を返せなかった。

「オレが凜に見せたアール・ブリュットのせいで、凜は迷いを深めたらしかった。決まりかけていたデッサンを、やっぱりやめにしたと言ったんだ。だったら凜がいまもコンクールの作品を描けずにいるのは、どう考えたってオレのせいだろ。だから何とかしなきゃって、スランプを脱して作品を描き上げてもらわなきゃって思ったんだよ」

わたしはまだ、村治の早口でまくしたてることが、いまひとつよくわかっていなかった。どうして小人の出現が、わたしがスランプを脱する助けになるのだろう。ただ、たとえそのあたりの理屈は判然としなくても、彼がわたしのためを思ってこれだけ手のかかることをしてくれたというのは伝わった。

だからこそ、なのだろう。次の台詞を発するわたしの口調は、おのずと村治を責めるようなものになった。

「どうしてそこまでしてくれるの。自分のことなんかいつも二の次でさ。もう半年もずっと、そんな調子じゃない。いったいどういうつもりなの。わたしとあなたはもう、恋人ですらないんだよ」

すると村治は、とても悲しげに目を伏せ、いくらか口ごもりながら答えた。

「それは……凜のスランプがそもそも、オレのせいだと思っていたから。オレが別れを切り出したりしなければ、凜がいまみたいに苦しむこともなかったんじゃないかと考えると、どうしてもほうっておけなくて」

「そういうの、思い上がりって言うんじゃないのかな。たしかにわたしは去年の騒動以降、満足に描けなくなったけど、あれは自分の意思で引き起こしたことだもの。アール・ブリュットのことも、村治があまりにも執拗《しつよう》にプレッシャーをかけてくるから、ちょっと意地悪を言いたくなっただけ」

　突き放したのは息苦しさが半分、村治も自分の制作に集中してほしいという思いが半分だ。気持ちはうれしい。けれどもこのままでは共倒れだ。あんな小人の出現なんかに奔走するのは常軌を逸している。村治にはそんな人であってほしくないし、わたしたちはそんな関係であってはいけないのだ。

　なのに、村治はまだわたしにすがって離れようとしなかった。

「思い上がりでもかまわないよ。凜が調子を取り戻してくれないと、オレ自身が制作に打ち込めないんだ。せっかくの凜の才能を、オレがつぶしてしまったと思い続けるのを想像しただけで、一生かかっても悔やみきれそうにないんだよ」

「あなたの言う才能っていうのが、わたしに備わっていたとしてさ。このくらいのことでさっぱり描けなくなるようじゃどのみち、遅かれ早かれ行き詰まってたよ。しょせんはその程度の才能だったってこと――」

「違う！」

意表を衝いた動作だった。村治はわたしの両肩をつかみ、背後の壁に押しつけたのだ。

大きな音がした。店員はひとまずこちらをうかがい、まわりの客は白い目を向けている。向かいの美空さんがうろたえてなだめようとするのに、わたしはまるで射抜かれたみたいに動けず、彼のなすがままに上半身を揺すられていた。

「いつまでそうやって、目を背け続けるつもりなんだ」

わたしがおびえた目を向けているのに、村治はそんなことを言う。そしてわたしの瞳の奥に直接、絵の具を塗りたくるようにして、彼は必死に言葉を投げかけた。

「凜には凜にしか見えない芸術があったはずだろ。何度も問いかけたろ、おまえの中にある芸術が見えるかって。逸らすなよ、直視するんだ。おまえの中の芸術も、そいつを見ろと訴えるオレのことも、その目でちゃんと見てくれよ！」

t

――おまえの中にある芸術が見えるか？

――おまえの芸術は見えるようになったか？

絵を前にするとわたしはしばしば、世界の輪郭があいまいになる感覚を味わう。目の前にある絵のほかには何も見えなくなって、すべての関心を芸術のことに奪われてしまう。

だけど、音は聞こえる。人の声も、車のクラクションも、聞こえてきちんと脳まで届く。

村治はわたしのそうした性質を知っていた。単に教えてあるだけでなく、友人としての期間も含めて丸二年に及ぶ付き合いの中で、わたしの様子がおかしくなる場面を幾度となく目撃してきたから、彼はわたしがあの感覚のさなかにあることを外見から判断できるようになっていた。世界が見えないときわたしの心は、もっとも芸術に深く沈み、鮮やかに染まっている。だから、村治はその瞬間に気づいて何度も問いかけたのだ——おまえの中にある芸術が見えるか、と。わたしが聞いたのはまぎれもなく、村治透の肉声だったのだ。

アール・ブリュット展を見にいったのは、彼がそう勧めたからではない。教えられても気乗りしなかったわたしを、村治が一緒に行こうと言って強引に誘い出したのだ。彼自身はすでに一度、訪れていたというのにである。そうして二人並んで作品を鑑賞し、その途中、ボールペンの小人の絵を前にしてあの感覚に陥ったわたしに、問いかける村治の声が聞こえたのだ。

デッサンに小人が出現した日もそうだ。真相を知ったいまにして思えば、村治はその後のわたしの反応を確認したかったのだろうが、不可解な現象にとまどうわたしを気遣う素振りで彼は、わたしの自宅にまで上がり込んだ。そしてわたしが美空さんに電話しているあいだは無言で控え、クロッキー帳を広げたタイミングで問いかけたのである。

交際していたころにも繰り返し、そうした瞬間は訪れた。芸術に深く沈むとき、わたしは村治の声を聞き、なのに姿を見ていなかった。それを村治は恋人として、寂しいと感じた。声は届くのに、あたかもそこにいないかのように、亡霊のように扱われることに耐えられず、自分は邪魔なのかとさえ思った。だから、彼は別れを告げたのである。

「……凜、さっき言ったよな。オレたちはもう恋人ですらないって」

村治の興奮が鎮まってからも、再び口を開くまでは長い沈黙があった。途中、美空さんは何度も腰を上げかけたが、ただならぬ雰囲気に結局は帰りそびれてしまったようだ。もう冷めたであろうコーヒーを、おいしくなさそうに啜《すす》っていた。

「うん。言ったね」

わたしの返事を待って村治は、ソファーの背もたれに身を預け、あごを引いたままの姿勢で続けた。

「どうしてオレが復縁を言い出さなかったか、わかる?」

首を横に振る。たとえ本当はわかっていたとしても、ここではそうするのが正解である気がした。

「単純なことだよ。恋人に戻ればオレはまた、凜に自分を——芸術とは無関係に、オレという人間のことを見てほしくなるだろうと思っていたからなんだ。絵描きとしての凜に惚れ込んだ自分と、女性としての凜に惚れた自分とが相反する願望を抱いてしまうのは、オレ自身が真っ二つに引き裂かれるようで辛抱ならなかった」

だから、復縁を乞わなかった。心のどこかにはきっと、それを望む部分があったのに。そしてわたしのほうでもそれを待つ気持ちが皆無ではないことに、彼は気づいていただろうのに。

「オレは何よりもまず、凜の絵の才能に惚れ込んでいるんだ。入学前の課題のデッサンを見せてもらった日から、それは少しも揺らいでいない。だから恋人としての自分は捨ててしまおうって決めたんだ。——なのにこのところの凜はどうだ。まるでもう、自分の中に芸術なんてひとかけらも残っていないような口ぶりじゃないか」

それを語るとき村治は、自分の太ももにこぶしをぶつけ、心底悔しそうにした。

「納得いかないよ。このままじゃ、恋人としての自分さえただの無駄死にじゃないか。もちろん誰よりも凜自身が苦悩しているのはわかってた。だけど、それでもオレは、何としても凜にかつての芸術を取り戻してほしかったんだ。失ったきっかけにオレが関わっているのならなおさら」

「そう……だから、小人の出現なんて企てたんだね」

アール・ブリュット展にてわたしは、小人の絵を前にした瞬間、あの感覚に襲われた。そばで見ていた村治はそれを、自分の中に存在しない芸術に触れて打ちのめされたわたしの姿と受け止めたのではないか。アール・ブリュットを見たせいで迷いが深まったと言ったのはわたしだ。ならば村治がその最たる原因を、あの小人の絵に見たのは納得できる。

だから村治は、わたしにしか描き得ない状況で、アール・ブリュットとそっくりな小人を出現させた。そうしておいて彼はわたしに、無意識のうちに自分で小人を描いたんじゃないかと吹き込んだ。自分にはないアール・ブリュットにわたしが恐れをなすのなら、それすらも備わっていると教えようとした——わたしの中にいまも芸術はあると伝えようとしたのだ。

わたしは自分の芸術を見失った。けれども村治はそれが、いまだ喪失されていないと信じて疑わなかった。だから、目に見えるようにした。それはちょうど、すでに描き込まれていた小人が再び色を持つかのように。

たぶんわたしが考えたほどには、村治は自身の行動の理由を整理しきれていなかったのだと思う。こくんとうなずきはしたものの、その顔はあまり自信がなさそうだった。

「何つーか、アール・ブリュットの衝撃を乗り越えることで、凛が自分の芸術を見つめ直す足がかりにでもなればって考えたんだよな。凛のためを思ってしたことが裏目に出たばかりでさ、オレにできるのはもうそのくらいしかなかったんだ」

「それはつまり、わたしを迷わせたことに対する償いって意味？」

「違うよ。いや、それもあるけどさ」

村治は照れくさそうに鼻をかき、下を向いて述べた。

「凛に満足のいく絵を描いてほしいってのはもちろん、生み出される作品が素晴らしいからってのもあるよ。だけどさ、何よりこのままじゃ凛が自分を許せないだろ。眉間に深い皺を作った顔、あんまり見たくないんだよな――恋人ではなくなったとしても、心変わりしたわけじゃないからさ」

そうか。いまさらながらにわたしは、村治の思いの深さに圧倒されていた。

これはわたしが芸術を見失った日より、今日に至るまで絶えることなく続いた、絵描きとしての畏怖の念と恋愛感情とが、表裏一体の愛情表現だったのか。彼は決して、混同などしていなかった。尊敬と恋愛感情とが、まったく切り離されないこともあるのだ。

呆《ほう》けたように村治を見つめていると、あーあ、と美空さんが向かいで声を上げた。

「とどのつまり、私はあんたたちのノロケに付き合わされたってわけね」

はっとして、わたしは手を振る。「別に、ノロケてなんか」

「ふん、どうだかね。ま、とにかく私は帰るから」

テーブルに手をついて立ち上がった美空さんが、先ほど落書きした伝票を指にはさむので、わたしは慌てて呼び止めた。

「美空さん、お世話になったんですからここはわたしが払います。せめてそのくらいは……」

「いいってこと。じゃ、あとは二人でよろしくやって」

《よろしく》の部分を強調し、伝票をひらひら振りながら美空さんは去っていった。

そして村治とわたしは残される。四人掛けのテーブルの片側に、二人並んだ状態で。

その日、見ろと言われたばかりなのにわたしは、自宅の前で村治と別れるまでのあいだ、一瞬だって彼の顔をまともに見られなかった。

art brut

「おーい、凜！」

村治透の声がして、わたしは青葉を茂らせた桜のそばで立ち止まり、後ろを振り返った。

六月を迎え、東京は初夏の陽気に包まれていた。衣替えしたばかりの半袖のシャツに身を包んでキャンパスを歩くと、そこここを飾る植木の緑も今日はいちだんと生き生きして見える。

夏至が近いこの時期とあっては、夕刻といえども陽が高い。アトリエへ向かうわたしに追いつくと、彼はいきなり鼻に皺を寄せた。

「残念だったな、コンクール」

「そうでもないよ。入選した作品も見たうえで、公正な評価だと思ってる」

「そうかなぁ。凜の絵、なかなかの出来だと思ってたんだけど」

わたしはふっと微笑み、ありがとう、と言い添えた。

結局、わたしは奥多摩で描いた渓流のデッサンを元に、コンクールに提出する油絵を仕上げた。ただし、そこに実在するはずのない、戯れる小人たちを付け足して。

学内のコンクールであるという点に鑑み、選考委員の評価コメントは参加者全員に返される。わたしの評価は人によってまちまちだった。小人の存在意義がわからず奇をてらっただけにしか見えない、と酷評する人もいたし、高い技術のもとで写実と幻想を融合させることに成功している、と一定の評価をくれる人もいた。言うまでもないがわたしの作品は、そして村治の作品も、入選しなかった。

「事実上、合作みたいなものだったからね。あれが入選してわたしだけおいしい思いをするのも、釈然としないし」

それは本音を述べたまでだったが、負け惜しみのように聞こえたかもしれない。村治は調子を合わせ、こちらの気をまぎらすようなことを言った。

「そのときはオレもみずから名乗りを上げて、おこぼれにあずかろうとするけどな。『小人のアイデアはオレが出したんです！』ってさ。はは」

二人の女子学生が、地面を踏み鳴らしながらわたしたちを追い越していく。その横顔には、アトリエで見覚えがあった。彼女たちもまた村治のように、コンクールの結果を受けて不満を爆発させているのだろうか。

入選こそしなかったがコンクールはわたしに、とてもよい状態の変化をもたらした。応募作品を完成させたことにより、かつての創作意欲が復活したのだ。最近ではこれまでと異なる、幻想性を付加した画風にも新たにチャレンジしている。まだ構図やモチーフの選別に自分でも粗さを感じるが、作を重ねるほどに洗練されていくだろう。体内から、芸術が湧き出るのを感じる。学んできた知識や技術という被服を取り去れば、むき出しの、自分の描きたい絵が見える——いまはこれが、わたしの《生の芸術》。

やっぱりわたしは絵が大好きだ。そのことを再確認してからは、将来を憂うこともなくなった。たとえこの先わたしが就職しようとしまいと、絵を描いて生きていくことに変わりはないと思えるからだ。先日は合同企業説明会にも行ってみた。これまでまったく興味を持てなかった話に、真剣に耳を傾けることができた。

　ここで学んだことはたしかに、わたしの未来に活きている。

「そうだ、村治」

　わたしは立ち止まり、提げていたトートバッグからクロッキー帳を取り出した。最近ではいつでもデッサンできるよう、アトリエの戸棚に入れることなく持ち歩いている。

「これはあなたにあげる。何というか、二人で描いた記念みたいなものだから」

　きょとんとしている村治にわたしは、クロッキー帳のページを一枚、破いて渡した。言わずもがな、小人が出現したあのデッサンである。

「えっ。でもオレ、落書きしただけだぜ」

　遠慮する素振りを示す村治に、わたしは無理やりデッサンを押しつける。

「いいの。あなたに持っててもらいたいんだ」

「そうは言ってもこれ、オレが描いた小人は消えちゃってるじゃん……でもまぁ、そこまで言うならありがたくいただいておくよ」

　村治は受け取り、それを背負っていたリュックの中に、とても大事そうにしまった。

　そうしたあとでわたしたちはまた、アトリエに向けて歩き出す。

果たして彼は気づくだろうか。渡したデッサンの裏のページに、ボールペンで描かれた絵の存在に。

インクは熱に反応する。裏に描いた絵をこすって消せば、表にあった絵も同じように消えてしまう。だから、小人たちは再びいなくなった――裏一面にわたしが、村治透の肖像画を描いて消したから。

恋人としての別れを告げた日、村治は自分のことを見てくれていないと言ってわたしを責めた。絵を前にした瞬間に限って言えば、そのとおりではある。が、それ以外の時間も含めて、わたしに見られていないと村治が感じていたのだとしたら。

村治のほうこそ、わたしなんかちっとも見てくれていなかったということだ。それがショックだったからわたしは、別れを受け入れることにしたのだ。だって、彼の顔がそばになくても空で肖像画を描けるくらい、わたしはいつでも彼のことを見つめていたのだから。そうして好きな人の表情を、いっぱいこの目に焼きつけてきたのだから。

「だけど、よかったな。凜の芸術がまた見えるようになって」

五号館に足を踏み入れるとき、村治はそう言ってわたしの肩を抱こうとした。触らないでよ、恥ずかしいでしょう。とっさに身をかわしながら言い放つと、彼は唇をとがらせる。なのに、満更でもない様子だ。アトリエでは相変わらずたくさんの学生が、ひたむきに絵を描いている。自分の中の芸術を、キャンバスにせいいっぱいぶつけようとしている。負けていられないなとばかりに、わたしもすぐ制作に取りかかると、村治はわざわざわたしの絵が見える角度でイーゼルを構えた。にもかかわらず数分後に盗み見た顔は真剣そのもので、まるで自分の作品以外、何も見えていないかのようだ。その姿をも目に焼きつけながら、わたしは思う。

たぶん、彼があの肖像画に気づくことはないだろう。それでもかまわない。本当に気づいてほしければ、わざわざインクを消したりしない。

けれど、もしも村治が受け取ったデッサンを冷やして、浮かび上がった肖像画を彼の目がとらえるようなことがあったら、そのときは。

わたしたちはもっとずっと真っ直ぐに、お互いを見つめ合っていける——そんな、予感にも似た祈りを胸に、わたしは今日もキャンバスに絵筆を払う。

純喫茶タレーラン
の庭で

1

「――何してるんですか、美星さん」

名前を呼ばれ、美星が振り返ると、そこにはアオヤマ青年が立っていた。

美星は純喫茶タレーランの庭にいた。古都京都の街にひっそりとたたずみ、長年にわたり営業を続けてきたこの店が、バリスタである美星の職場だ。

営業中にもかかわらず、美星が庭で突っ立っていたのだから、常連客であるアオヤマが不審に思うのも無理はなかった。美星は軽い会釈をはさみ、そばにあるものを仰ぎ見て言った。

「樹を、見ていたんです」

京都の街中という立地からするとかなり広い庭の片隅には、一本の樹が根を張っていた。高さは三メートル近くあるが、幹は細くてせいぜい子供の脚くらい。枝に特徴的な棘《とげ》があり、色の薄い硬めの葉が茂っているのは、季節柄ではなく常緑樹だからである。

降り注ぐ七月の陽光の下で、樹は美星の目にいちだんと映えて見えた。彼女の横に並んで視線を同じくしながら、アオヤマは訊ねる。

「前々から思ってたんですけど、これ、何の樹ですか」

もう二年もタレーランにかよっていながら、アオヤマが樹について何も知らずにいたことを、美星は意外に感じた。とはいえ自分も、毎日通りかかる路傍に植えられた街路樹の品種など、ほとんど気に留めたこともない。してみると、案外これは普通のことなのかもしれない。

手前に向かって伸びる枝の先、垂れ下がった葉に軽く指を触れながら、美星は答えた。

「レモンです。うちのお店を開いたときに、奥さんが植樹したのです」

奥さんというのは、タレーランのオーナーである藻川又次の、四年半ほど前に亡くなった妻のことである。そもそもタレーランは奥さんのコーヒー好きが嵩《こう》じて開かれた喫茶店であったが、時には紅茶などを出すこともあるので、文字どおり《実益》を兼ねてレモンの樹を開店記念に植えたのだった。

「そうだったんですね。実がなっているところを見たことがなかったから、全然知らなかった」

アオヤマは《むむむ》とうなる。美星はふっと呼気をはさんで述べた。

「以前は年に数十個もの実がなっていたのですよ。ところが奥さんが病気で亡くなるのと前後して、京都にひどい嵐が吹き荒れ、この樹の枝や葉をたくさん落としていったのです。結果、翌年よりレモンの実はぱったりならなくなってしまいました」

そのことが美星にはまるで、天国へ逝《い》った奥さんが、一緒にレモンの実を連れていってしまったように感じられた——いや、奥さんは遺された人を困らせて喜ぶような女性ではなかったから、連れていったという表現は適切ではないかもしれない。むしろ、開店当初より歩みをともにしてきた奥さんに、レモンの実が進んでついていったような、そんな印象を美星は受けたのだった。

「やっぱり、京都と言えばレモンですよね」

気の利いたことを口にするのが照れくさいのか、アオヤマはおどけるように言った。その発言が、梶井《かじい》基次郎《もとじろう》の短編小説『檸檬《れもん》』を指していることは、美星にもすぐにわかった。

『檸檬』は大正時代の作品である。作者の梶井と同じ肺病を抱えた主人公の一人称視点による、いわば私小説のような体裁で進行する。《えたいの知れない不吉な塊》に心を抑えつけられ、鬱屈《うっくつ》した思いを抱えていた主人公が、ひいきの果物屋で購入したレモンを書店の美術書の上に置き去りにし、その爆発する想像に浸るというストーリーで、文庫にして十ページほどの短い小説ながら、文学史に残る名作として現代まで読み継がれている。

アオヤマの言うように、『檸檬』の舞台は京都である。しかしながら、主人公がレモンを購入したとされる果物屋は近年になって閉店し、その少し前に書店のほうも、一度の移転を経てすでに閉店していた。

「……変わっていきますね。時の流れとともに、いろんなものが」

つい、そんな言葉を美星は洩らしていた。彼女が京都に住んでまだ六年少々にしかならないが、その間にも街並みはずいぶん変わり、奥さんは亡くなり、そしてレモンの樹も実をつけなくなった。さまざまな感慨が、彼女の胸に去来する。

「あのね、アオヤマさん」

美星が呼びかけると、アオヤマは目をしばたたいた。

「何でしょう」

「このレモンは奥さんが植えたものですが、それだけではない思い出が――奥さんとの、ある印象深い出来事が詰まった樹なのです。よかったら、聞いてくださいませんか」

「もちろんです。ぜひ、聞かせてください」アオヤマは笑顔で応じた。

美星はいま一度レモンの樹を見つめ、語り始める。

「もう、五年以上も前のことになるのですね。あれは、寒い冬の日でした――」

背の低い彼女では届かない、樹のてっぺんを見上げると、その向こうに見える青空がまぶしく、美星は過ぎた日々に目をこらすような気持ちで両目を細めたのだった。

2

そのころ、美星はある事件がきっかけで、ふさぎ込む毎日を過ごしていた。

事件についてはアオヤマも把握している。ひとりの男と、相手の気持ちを汲《く》まないで親しくなった美星は、交際の申し込みを断った結果、男を逆上させてしまったのだ。それまで彼女が正しいと信じてきた人との接し方を根本から否定され、美星は他人と、とりわけ異性と関わることに恐怖を感じるようになっていた。

実際、美星の落ち込みようはひどく、問題の男と知り合った場所であるタレーランへはおろか、当時籍を置いていた短大へもほとんど行かず、家から一歩も出ないような生活が続いた。食欲も湧かず日に日にやつれ、しかも自分で髪をばっさり切り落としたので見た目もみすぼらしく、それを自覚すればなおさら、彼女は外出する気力を失うのだった。

そんな美星のことを気にかけたのが、いまは亡き奥さんだった。当時はまだ病気の見つかる前で傍目には健康そのものであり、同年代の人と比べてもエネルギッシュですらあった。

美星がふさぎ込む原因となった事件に自分の店が深く関与していたと知って、責任を感じていた面もあったのだろうか。奥さんは何度となく様子うかがいの電話をよこし、美星が独り暮らしをする自宅へも足を運んだ。ところが美星の状態はさほど上向かず、せっかくの親切をも受け流してしまうようなありさまだった。

見るに見かねて、ということもあったのかもしれない。あるとき奥さんが美星の自宅へやってきて、いつもより強い調子で言った。

「ほら美星ちゃん、お店に行くからはよ仕度しよし。いつまでも家に引きこもってウジウジしてたらあかん。今日はまだ、働かんでもえぇから」

普段は優しい奥さんも、生粋の京おんなということもあり、方言を交えて怒ったりした場合には身のすくむような迫力がともなう。もとより美星自身、家から引きずり出されることを拒むほど頑《かたく》なだったわけでもなかった。最低限の身だしなみを整えると、それは服を着替えてコートを羽織るといった程度だったが、美星は強引に連れ出され、数週間ぶりにタレーランへとやってきた。

到着したのは店が営業を開始する前、午前十時ごろのことだった。奥さんは先に開店準備を終え、美星を迎えに来たようだ。タレーランから美星の自宅へは、徒歩十分弱という距離である。

「うわ、あんた今日は出てこれたんかいな。もう気分ようなったんか」

店内にいた藻川又次が、入り口の扉をくぐる美星を見て目を丸くした。事件の際、美星のそばにタレーランの常連客がいたことから、事情は彼を通じて又次や奥さんにも伝わっていたのだ。

それから又次は、美星にあれこれ話しかけてきた。休んでいるあいだ何をして過ごしていたのか訊ねたり、店で起きたさまざまなことを報告したりといった具合である。彼なりに心配してくれていることは伝わったものの、又次は型どおりの気遣いが得意な人ではなく、その言葉のひとつひとつに美星は、離れた位置から木の枝でつつかれるような居心地の悪さを感じていた。しまいには返事をするのもおっくうになり、しばらく無視をしていると、奥さんが仕入れに行くようにと指示して又次を追い出してしまった。

それから店には美星と奥さんの二人きりになった。まだ開店前だったが、当時は現在と比べても客の入りが少なく、開けたところで午前中は人が来ることなどめったになかった。

又次が出ていったあとの店内は静けさに満ちていた。奥さんはさまざまな作業をしながら時折、美星のほうをうかがっていたが、声をかけようとはしなかったし、美星からも言葉を発しはしなかった。カウンター席に腰かけて背中を丸め、美星は静寂にじっと身を浸していた——息苦しさに耐えていた、と言ったほうが正確かもしれない。

何しろそのときの彼女は、誰かに話しかけられることをわずらわしく感じる一方で、静寂を恐れてもいた。音や何かに邪魔されないと、ひとりでに思考が始まってしまうからである。

自宅に閉じこもっているあいだ、美星は静寂の中でさんざん、事件について考えた。自分の何がいけなかったのか。どこで判断を誤り、好ましくない結果を招いてしまったのか。避ける方法はあったのか。どうすれば誰もが傷つかず、穏やかに毎日を過ごせるのか――。

どんなに懊悩《おうのう》してみたところで、いついかなる状況においても当てはまる公式のような答えなど、決して見つかりはしないこともまた彼女はよくわかっていた。それでも美星は考えずにいられなかった。自省が堂々めぐりに陥り、これ以上は無意味だと悟っているのに、気がつけば彼女は同じことについて考え、懊悩していた。逆らう術と言えばいっそ眠ってしまうか、せめてテレビを観るなどして少しでも思考を遠ざける以外になかったのだ。

だから静寂が耐えがたく、美星は早くも店に来たことを後悔し始めていた。もっとはっきり拒絶していれば、無理にここへ連れてこられることはなかったのではないか。奥さんにしても、表面上は平静に見えるけれど、内心では扱いづらい自分のことを厄介だと感じているに違いない――奥さんの胸中をそんな風に邪推してしまうほど、美星は卑屈になっていた。

そうして三十分が過ぎただろうか。カウンターの内側に立つ奥さんが、とうとう口を開いた。

「梶井基次郎の『檸檬』、読んだことある？」

それはまるで開いた窓からボールが投げ込まれるような唐突さで、ほかには誰もいないのに美星は一瞬、自分にかけられた言葉だということにさえ気がつかなかった。

「うん。こっちへ来てすぐに」

答える声は少しかすれた。美星が京都に越してきたのは短大へ進学するためだったが、それまでの彼女はどちらかと言えば活動的な少女で、読書量は人並みといった程度だった。『檸檬』を読んだのも、新たに住む街にゆかりが深い物語だからという軽薄な動機に過ぎなかった。

返事を聞いて、奥さんは満足げにあごを引いた。

「主人公はレモンが書店で爆発する場面を想像して、辛気くさい思いを晴らしたんやったな」

作者である梶井の抱えていた《塊》を、辛気くさいの一言で片づけてしまうことが適切かどうかはわからなかったが、美星は首を縦に振った。奥さんはカウンターのほうに身を乗り出し、口の端を持ち上げて言った。

「ちょっと、やってみよか」

「やってみるって？」

美星は眉根を寄せる。奥さんの提案からは幼稚な戯れの趣か、さもなくば物騒な気配しか感じ取れなかったからだ。

けれども奥さんは意に介した様子もなく続ける。

「庭の樹に、レモンがいっぱいなってるやろ。ひとつ、もいでおいで」

「その実をどうするつもりなの」

「ええからはよとってきて」

詳しい説明をする気はないらしい。不承不承、美星は腰を上げ、喫茶店の外に出た。

陽はかなり高く上っていたが、あたりにはまだかすかに朝の空気が漂っていた。美星はふと、『檸檬』も朝の話だったようだと思った。京都で過ごす初めての冬は予想をはるかにしのぐ寒さで、肩を縮めながら彼女は、庭の隅に立つレモンの樹に向かって歩いた。

そのころレモンの樹は例年たくさんの実をつけていたが、この年はとりわけ豊作で、三十を優に超える数のレモンがたわわに実っていた。すでに奥さんがいくらか消費したあとだったから、成熟した実の総数は五十個に近かったかもしれない。もっとも、実が多ければいいというものでもないようで、ひと月ほど前に奥さんが、青いうちにもう少し摘んでおくべきやったかもしれん、とぼやくのを美星は聞いていた。

樹の正面に立ち、実を探してみる。が、美星の手の届く範囲にはほとんどなさそうだった。というのも、奥さんは美星と同じく小柄で、下のほうになったものから順にもいでしまうので、高いところにしか実が残っていなかったのだ。

ただひとつ、手前に向かって垂れ下がった枝の先に、ひときわ大きな実がなっているのを美星は見つけた。背伸びをして、指先でその実をつかみ、枝ごと引き下げる。よく熟れており、実の全体が緑から鮮やかな黄に変色していた。けれども皮は、新鮮な実ならではという硬さで彼女の指を跳ね返す。あごを持ち上げて鼻を近づけると、爽《さわ》やかな香りが吸気に混じった。

はさみを持ってくるのを忘れたので、実を引っ張ってもぐしかなさそうだ。いま一度、美星は実に指をかけたままで樹に目をやったが、やはり手が届きそうな実はほかにひとつも見当たらなかった。

言われたとおりにレモンの実をひとつ持って店内に戻った美星を見ると、奥さんはにっこり笑って言った。

「その実がほんまに爆発したら、胸がすっとすると思わへん？」

「そんなこと、あるわけないよ」

美星はぶっきらぼうに言い放つ。普段なら、冗談と受け取って笑顔のひとつも返すところだが、いまはそんなゆとりすらなかった。

それでも奥さんは顔色を変えず、さらに指示を出す。

「いま美星ちゃんの心にわだかまってるものを象徴する何か、手元にあるか？」

女性である奥さんが《あるか》と強い口調で訊ねてくるのも、方言のようなものだと美星は理解していたが、京都に住んでまだ日が浅い彼女はそうした言葉遣いにも慣れず、威圧感を覚えてしまうことが少なくなかった。でなければ彼女が、奥さんの指示にすんなりしたがうことはなかっただろう。うまく立ち直れてもいないのに、ふさぎ込む原因となった事件を想起させるものを直視するなど、恐怖以外の何物でもなかったのだから。

「……これでいいかしら」

震える指で、美星は携帯電話を操作し、一枚の画像を画面に表示した。そこには事件の当事者である男性が写っていた。本当はすべて削除してしまいたかったが、万が一の際に相手の容姿を示すものがあったほうがいいという友人の助言で、一枚だけ残してあったのだ。

奥さんは画面をのぞき込むと、ほんの一瞬、すっと表情を引き締めた。

「そしたらその画面の上に、レモンの実を載っけてみなさい」

美星は携帯電話をカウンターに置き、重しをするようにしてレモンを載せた。うまく置かないとレモンが転がってしまうので、美星は二度、やり直さなければならなかった。

彼女が手を離してもレモンが静止しているのを見て、奥さんは再び口を開いた。それはまるで催眠術師が被験者を眠りにいざなうような、低くゆったりとした声だった。

「想像して。レモンが爆発して、この人ごと吹っ飛ばしてしまう光景を」

不毛だと思いながらも、美星は言われるがままレモンが爆発する場面を想像した。けれども本音を言えば、携帯電話を爆破されては困るので、その想像はあまり愉快なようにも感じられなかった。むろん実際には爆発するはずがないのだが、奥さんの態度にはどこか得体の知れないところがあり、彼女の胸はすっとするどころか言い得ぬ不安に占められていった。

そのまま五分ほどが経過する。想像は同じことの繰り返しで、美星はとうに飽きていた。レモンにはいまだ何の変化も見られない。

「……ねぇ。いつまでこうしていればいいの」

美星が奥さんに文句を言うと、奥さんは問い返す。

「もう、すっきりしたん？」

「うぅん。だって、何も変わらないもの」

『檸檬』で主人公はその場から立ち去ったので、いかようにも想像をたくましくできたに違いない。が、美星はレモンが爆発しないのをその目で見てしまっている。気詰まりな思いを晴らせるはずもなかった。

しかし、奥さんは耳を貸してくれない。

「そんならもう少し続けてみなさい。想像を熱心に追求せんと」

奥さんの台詞の後半もまた、『檸檬』の終盤に出てきた文言だった。美星はカウンターに両腕を載せ、そこに口元をうずめるようにして、なおもレモンを見つめ続けた。

――そして、柱時計が午前十一時を指したとき。

『ボーン！』

静かだった店内に突然、爆発音が鳴り響いたのである。

美星はびくっとして身を反らした。爆発音は明らかに、レモンの実があるあたりで鳴っていた。

『ボーン！　ボーン！　ボーン！』

一定のリズムを保ち、爆発音は鳴り続ける。けれどもレモンに見た目の変化は現れていない。本当に爆発しているわけではないのだ。

おそるおそる、美星はレモンを手に取った。そしてそっと耳に近づける。

『ボーン！　ボーン！　ボーン！』

間違いない。爆発音は、レモンの実の中から聞こえていた。

そのときぷっと噴き出す声がして、美星が顔を上げると、奥さんがおかしそうに目を細めていた。

「美星ちゃん、ほんまにびっくりしてはったなぁ」

「だ、だっていきなり変な音がしたから」

恥ずかしいやら、腹立たしいやらで、頬がほんのり熱を帯びる。そんな美星に、奥さんは顔を寄せて言った。

「どうや。すっきりしたんと違う？」

「ていうか……違う意味ですっきりしない。ちょっと、ナイフ貸して」

手を差し出した美星に、奥さんは果物ナイフを握らせてくれた。紡錘《ぼうすい》形のレモンの、もっとも太い部分にナイフの刃を当て、力を込める。ぷつりと皮の裂ける感触がして、つんとした香りが美星の鼻をくすぐった。

果たしてナイフは途中で固いものに触れ、止まった。美星はそれを傷つけぬよう慎重に刃を回し、レモンを二つに切り分ける。

「……そういうこと」

片方の実の中心から顔を出していたのは、親指ほどのサイズのデジタル時計だった。果汁で電気系統が壊れないようにとの配慮からだろうか、厳重に巻かれたラップをはがすと、時計の側面には『ボムクロック』というロゴがプリントされている。その商品名が示すとおり、アラームが起動すると爆発音が鳴る、実用向けの時計というよりは玩具の類であると思われた。

美星は割った実の底のほう、つまり枝についていたのとは反対側に目をこらす。すると、実のまわりを一周する細い線を見つけることができた。目立たないよう細工されてはいるものの、底を小さく切り取って、接着剤か何かで再びくっつけた跡のようだった。

ここに至って美星は、奥さんの企みの大部分について真相を知ることができた。まず、どこからか入手したボムクロックのアラームを午前十一時に設定する。次に、樹に下がるレモンの実の底を切り取り、果肉の中にラップで包んだボムクロックを埋め込んで、切り取った底を元どおりにくっつける。そして美星を店に連れてくると、時間を見計らってレモンの実をもぎにいかせ、午前十一時になるのを待てば、アラームが作動してレモンから爆発音が聞こえてくるという仕組みである。

それは、わかったのだが――。

「どうして私が、この実をもいでくるって予想できたの」

美星が詰め寄ると、奥さんは目をぱちくりとさせた。けれども美星は湧き上がる疑問をぶつけずにいられない。二つに割れたレモンの実を奥さんに向けながら、だって、と問いかけた。

「だって、このレモンの実、一番低いところになっていたものじゃないんだよ――自分の手が届く唯一の実を私は避けたのに、どうしてレモンは爆発したの？」

3

「――一番低いところになっていた実を避けた？」

繰り返したアオヤマに、美星はこくんとうなずいた。

「そうなんです。私、ひねくれた気持ちになっていました」

奥さんがレモンをもいでこいと言うからには、何かしらの考えがあるはず。そして言われたとおり取りにいけば、背の低い自分の手が届く実はただひとつ。これはもう、その実をもいでくれと言わんばかりではないか――。

「もちろん、素直にその実を持っていったってよかったのです。普段の私なら、ためらいなくそうしたでしょう。でもあのときは、そうする気になれませんでした。とても意地悪でした」

「わかりますよ、何となく」アオヤマの声は穏やかだった。「ひどく落ち込んでいるときに、気安く励まされたりすると、そんな簡単な話じゃないんだって刃向かいたくなったりするものですから。自分ではその憂鬱《ゆううつ》から抜け出したいと思っているのに、誰かが手を差し伸べたとたん、なぜだかそれを払いのけたくなることは往々にしてあります」

「そう言ってもらえると、気が楽になります」

アオヤマの優しさがありがたく、美星は表情を和らげた。彼女にとってあのころの自分は、とても正常ではなかったように感じられるけれど、誰にでもあることだと聞くと少しだけほっとするのだった。

「だけど、美星さんはどうやってほかの実を取ったんです？」

アオヤマは首をかしげる。もっともな質問に、美星はくすりと笑って答えた。

「決まっているでしょう。登ったんです」

「えぇっ！　この、棘だらけの樹に？」

目を白黒させているアオヤマを見ていると、美星はますます笑いが込み上げた。

「はい。いわば、棘のある樹に登るわけがないという思い込みの裏をかいたのですね。もちろん登るにあたっては、細心の注意を払いましたよ」

「へぇ……それで、ケガしなかったんですか」

「あ、その、どうしても多少は、ね」

「やっぱり！　なんて無謀な……ていうか、本当に落ち込んでたんですよね。何だかその話だけ聞くと、むしろ元気じゃないかって思ってしまうんですけど」

「まぁ失礼な。落ち込んでたって、木登りくらいできます」

大げさにすねてみせた美星に、アオヤマはごめんごめんと軽い感じで詫びた。

「では、美星さんはこの樹に登り、低いところになっていたのとは別の実を手に入れたわけですね」

「ええ。登るといってもそんなに高い樹ではありませんから、下のほうの枝に足をかけただけですけど。固まってなっているいくつかの実のうち、ひとつを無作為に選んでもぎました。私がそれを選ぶことなど、決して予想できないような実を」

「にもかかわらず、奥さんの企みどおりレモンは《爆発》した。ふぅむ、謎ですね」

アオヤマはあごのあたりをさすっている。同じことが、あのときの美星にとっても不思議だった。

「ですから私は、その疑問を奥さんにぶつけたのです。返ってきた答えは次のようなものでした――」

「あの世にいる梶井基次郎さんが、美星ちゃんにその実を選ばせはったんと違う？　自分と同じ気持ちを味わわせよう思て」

茶目っ気たっぷりにそう言い、奥さんはうふふと笑うのだった。

どうやらまともに取り合ってくれる気はないらしい。レモンを《爆発》させたのも、自分を元気づけたいという意思の表れであることを美星はよくわかっていたが、その試みを見渡せば、やはり戯れのような趣を帯びていることをも感じていた。率直に言って、《ふざけているのか》とさえ思っていたのだ。

奥さんが期待したほどには、美星の心は晴れていなかった。だからこそだろう、謎を謎のまま放置してしまうことが——細工したレモンの実を奥さんに選ばされたかに思えるこの状況が、美星は何となく気に入らなかった。

美星はカウンター席に深く座り直し、あらためてラップを解いたボムクロックに目を注ぐ。爆発音のなる目覚まし時計というコンセプトからも察せられるように、子供向けの玩具として作られているらしく、プラスチックのカバーやむき出しのネジなどは見るからにちゃちだった。側面のロゴも、爪でこすれば簡単に落ちそうだ。

「これ、どこで買ってきたの」

カウンターの内側に立つ奥さんに、美星はボムクロックを振って訊ねた。けれども奥さんは知らぬ存ぜぬを強調するばかりで、「タネも仕掛けもありません」とうそぶく手品師さながらである。

美星はレモンの下敷きになっていた携帯電話を操作し、ボムクロックについてインターネットで検索した。情報はすぐに見つかった。それによると、ボムクロックは全国チェーンの百円ショップで販売されている商品とのこと。その百円ショップなら、京都にもある。

まさか、という思いが美星の頭をよぎった。このとき彼女はすでに、ひとつの合理的な仮説に行き着いていた。しかしそれはまた、きわめて考えにくいものでもあった。そうかもしれない、いやそれはないだろうと、相反する二つの思考が彼女の中でせめぎ合っていた。

その気になれば、確かめるのは至って容易だった。そうしなかったのは、恐れをなしていたからだ。もし仮説が正しければ、ある心情に圧倒されてしまうことを美星は予見していた。だから彼女は椅子の上で固まり、二の足を踏んでいたのだ。すると――。

突如、背後で扉が勢いよく開かれた。

立っていたのは、仕入れから戻ってきた又次だった。彼はその顔を青くして、立てた親指を庭のほうに向けながら叫んだ。

「大変や！　庭のレモンが――」

美星ははっとして、入り口をふさぐ又次を押しのけ、庭に飛び出した。直後、聞こえてきた音に彼女は、身のすくむような思いを味わった。

『ボーン！　ボーン！　ボーン！　ボーン……』

レモンの樹はいまなお、三十個以上の実をつけている。それらの実がいっせいに、爆発音を発していたのだ。

「あら、ばれちゃった」

いつの間にか、隣には奥さんが立っていた。レモンの樹を見上げ、さも悔しそうにしている。

「十分でアラームが自動的に鳴りやむ仕様やから、それまで美星ちゃんがお店の中にいてくれたらばれへんはずやったのに。あんた、余計なことしてくれたな」

奥さんに毒づかれ、又次は狐につままれたような顔をする。彼は何も知らされていなかったらしい。

「それじゃ、本当に——すべてのレモンの実に、同じ細工を？」

美星はすがりつくようにして、奥さんを問いただした。

ボムクロックは一個百円。仮に三十個買ってもせいぜい三千円だから、入手することと自体のハードルは決して高くない。

しかし、いまも爆発音を発し続けるレモンの実は、すべて樹になったままなのだ。その状態で底を切り取って、ラップで包んだボムクロックを果肉に埋め込み、また底を元どおりにしておくのは、たとえひとつでも大変な手間がかかるに違いない。それを、三十個以上もある実のすべてに施すとは——。

答えはわかりきっていた。奥さんは平気な顔をしている。

って困るから。このくらい、大したことやない」
「美星ちゃんはうちのお店の大事な戦力やし、あんまりいつまでも落ち込んでても困るから。このくらい、大したことやない」

そんなはずはない、と美星は思う。どれだけの時間と労力がかかったのかは想像を絶する。さすがに樹に登ったのではなく脚立などを使ったのだろうが、それで劇的に楽になるというものでもない。しかも又次にも打ち明けず、たったひとりで……。

「あんた、どないしたんや。目にレモンの汁でも入ったか」

又次が美星の顔を指差して言う。美星はそれを無視して奥さんに抱きついた。何だか無性に、涙が止まらなくなったのだ。

自分のために、ここまでしてくれる人がいる。早く立ち直らなくちゃ——心から、美星はそう思うことができた。

いつの間にかアラームは鳴りやみ、庭には静寂が満ちていた。けれども美星はもうそれを恐れる必要はなく、奥さんの体温に触れてこの上ない安堵を覚えていたのだった。

4

「心温まるお話ですね」

美星が語り終えると、アオヤマはそう口にして微笑んだ。

「それからほどなくして私は、タレーランでの勤務を再開しました。ただちに立ち直るというわけにはいきませんでしたし、特に男性のお客さんとは距離を取るようになってしまいましたが、少しずつ元気になっていまの私があります」

話を始めたときと同様に、美星は樹のてっぺんを見上げる。

「あの日以来、何か落ち込むようなことがあると、私はよくこの樹をながめて心をなぐさめました。やがて奥さんは亡くなり、レモンの実もならなくなりましたが、それからも幾度となくこの樹に救われてきました。こうして樹を見上げていると、ひとりじゃないんだって、自分のことを大事に思ってくれる人がきっといるって信じられて、ほっとするんです」

「すると、最近も何か落ち込むことがあったんですか」

アオヤマは眉を八の字にしている。先ほど美星がひとりで樹をながめていたので、心配になったようだ。彼のこういう、あいさつをするような自然さで気を遣ってくれるところを、美星は素敵だと思っていた。

「いいえ」

美星は目を閉じ、首を横に振った。そして頭上、手前に向かって伸びる枝の先にある葉を指ではさみ、傷つけないようにそっとめくった。

そこにあるものを見て、アオヤマが「あっ」と声を上げた。

「実だ――レモンの実が、なってる」

青々としてまだ指先くらいの、それこそあのボムクロックよりも小さな、レモンの実。葉に隠れるようにしてなっているそれを、美星は今日、見つけたのだった。

「まだ、実をつけたばかりです。立派に育ってくれるかはわかりません」

愛おしさを込め、美星はその実をなでる。

「ですが、昨年まではこうした実さえ、まったくならずに終わっていました。奥さんが亡くなって四年半が経ち、ようやく今年、レモンの実が帰ってきてくれたのです。それがどうしようもなくうれしくて、だから私は、樹をながめていました」

――時間が経てば、否が応でも変化は訪れる。

京都の街並みは大きく変わった。『檸檬』に登場した書店や果物屋も、すでに閉店してしまった。奥さんは天国へ逝き、いまでは美星が奥さんの思いを継いで、この純喫茶タレーランを営業している。本当に、振り返れば何もかもが変わってしまい、それはまるで吹きすさぶ嵐が枝や葉を落としていったかのようだ。

だけど。美星はもう一度、小さな実に触れた。

こうして帰ってきてくれるものもある——そして、いつまでも変わらないものも、きっと。

「アオヤマさん」

何でしょう、と返事をした彼に微笑みかけながら、美星は提案した。

「せっかくのいいお天気ですし、これからどこかへお出かけしませんか」

「えっ。お店はいいんですか」

慌てる彼は、ちょっぴり頬を赤らめている。

「臨時休業です。たまにあることだから、大丈夫。ちょうどいまは、ほかにお客さんもいないことですし」

美星が押しきろうとすると、アオヤマはまだわずかに逡巡《しゅんじゅん》していたが、結局は賛成した。

「わかりました。それじゃ、藻川さんには僕から伝えてみますね」

そのままタレーランの扉を開けて、アオヤマは店内へ入っていく。美星さんが今日はもう閉めるって。何や急に、ま、えぇけど。アオヤマと又次の会話が、カーラジオのような心地よさで美星の耳をくすぐる。続いてお店に入ろうとして、美星はふと入り口で立ち止まり、レモンの樹を振り返った。

——奥さん、大事なお店を放り出してごめんなさい。でも、きっと許してくれるよね。

優しい風が吹いて、レモンの実がうなずくように揺れた。

特別書き下ろし掌編

リリース／リリーフ

生ぬるい雫《しずく》が首筋を打った。

わたしは川沿いの遊歩道に立ち、突如として降り出した雨に身をさらしていた。堤防の上を走る道路の端でハザードランプを瞬かせていた車が、濡《ぬ》れることを嫌ったように急発進し、遠ざかっていく。雨露をしのげる場所を、わたしも探さなくてはならない。

橋桁の下まで移動したとき、前髪の先から落ちた水滴が、両腕に抱えた段ボール箱に濃い染みを作った。水分を含んでもまだ、箱は軽かった。軽い。あまりにも軽い。その内側に、生命の重みを閉じ込めているにしては。

腰をかがめて箱を地面に置くと、砂と擦れて耳障りな音がした。ごめんね、とだけつぶやいてわたしは立ち上がり、蓋を開け放したままの箱に背を向けた。

「――」

声が聞こえた。雨音の隙間をかいくぐって、か細い鳴き声が。呼び止められているようだ、と感じたときにはもう、わたしは振り返っていた。

目が合った。箱の縁《へり》からのぞく目が、行かないでと訴えていた。いきなり心臓に爪を立てられたような痛みを覚え、思わずわたしはその場から駆け出し――。

夢はいつも、そこまでを再現して終わる。

ベッドの上で薄目を開くと部屋の中はまだ暗く、心臓は痛みもそのままにどくどくと脈を打っている。そして、わたしは涙をまぶたに溜めながら、もう何度目かわからない台詞を、自分に言い聞かせることになるのだ。

——仕方ないじゃないか。だって、わたしには飼えなかったのだから。


昼下がり。外回りの途中で、通りを歩いていて雨に降られた。

ただでさえ、京都の夏の暑さにスーツはつらい。少しでも涼しいようにとスカートにしているが、それでもこの気温と湿度ではじっとしていたって汗ばむ。そこにこの、追い打ちのような雨。予報外れで、わたしは傘を持ちあわせていなかった。

社員寮まではそう遠くなかった。いったん帰ろうかと考え始めた矢先、前方に喫茶店の看板が現れた。夕立のようなものだろうから、とにかく雨宿りができればいい。看板の案内にしたがい、わたしはレトロな喫茶店に身を滑り込ませた。

カウンターの椅子に腰を下ろし、若い女性店員にアイスコーヒーを注文する。スカートについた水滴を軽く払おうとしたとき、ふいに足元で何かが動く気配を感じて、わたしは心臓が止まるかと思った。頭を低くし、カウンターの下をのぞき込む。

猫がいた。行儀よくお座りをして、前脚をなめている。シャムらしいその毛色をながめながら、わたしはふと、あの仔猫もシャムだったのではないか、と思った。

まだ、生後間もなかった仔猫。わたしが河原に置き去りにした。そう言えばあの日も、わたしは雨に降られたのだった。あれからもう、九二年も経つのだ。

喫茶店は落ち着いた雰囲気で、わたしと同じく雨宿りらしい客が、他に二組いるだけだった。アイスコーヒーを出してくれた女性店員も、カウンターの内側で所在なさそうにしている。何気ない風を装い、わたしは声をかけてみた。

「店内に、猫がいるんですね」

「はい。シャルルっていいます」

客との会話には慣れているのだろう、店員は滑らかに言葉を返す。相槌《あいづち》を打つように、猫がにゃーと鳴いた。

「シャムですよね。何歳くらいですか」

「この夏でちょうど二歳になりますね」

答えを聞いて、どきりとした。二年前に生まれたてだったあの仔猫。時期は合う。まさかとは思うが——。

そのとき、隣の空席に置いてあったわたしのカバンの中で携帯電話が振動し、思考は中断された。取り出してみると画面には、母からの着信であることが表示されている。娘が仕事中なのは想像できるはずなのに電話をかけてくるということは、緊急の用件だろうか。応答したいが、店内で出るわけにはいかない。とはいえ外は雨。入り口の庇《ひさし》もせまかったので、濡れることは避けられないだろう。

「大丈夫ですよ、ここで出られても」

　と、わたしの迷いに気づいた店員が、そろえた指先でこちらの電話を指した。

「え、でも……」

「用件が気になるのでしょう。他のお客さまのことなら心配しないで」

　会話が聞こえたらしいテーブル席の客が、店員の言葉にうなずくのが見えたので、かえって断りづらくなってしまった。わたしは頭を下げ、小声で電話に出た。

「もしもし、お母さん？」

「あ、エリちゃん。やっと出た」

「何ね、仕事中に。どうしたと」

　母としゃべるときはつい、地元の方言が出てしまう。母は緊急とも思われないのんびりした口調で、こんなことを言った。

「近所のタカダさんとこのお兄ちゃん、あんた覚えとる？」

「タカダさん？　まぁ、覚えとるけど……」

　わたしよりひと回りほど歳上。いつもぼうっと道を歩いていて、さえない感じの人だった。けれども頭はよかったようで、有名な大学の医学部を出て医者になったというところまでは聞いている。

「それがどうかしたと」

「あんた、お見合いしてみんね」

「はぁっ？」

反射的に、すっとんきょうな声を上げてしまった。店員や他の客にぺこぺこと頭を下げながら、口元に手を添えて言う。

「何でわたしが、お見合いなんか」

「実はいま、タカダさんの奥さんとお茶しててね。息子さんが、そろそろ結婚したいけど仕事が忙しくて相手を探す暇もない、っておっしゃってるそうだから。タカダさんのお兄ちゃんならちっちゃいころからよく知っとるし、お勤め先の病院も県内やし、あんたどうかと思って」

「そんなことで電話かけてきたとね。こっちは仕事中よ」

「そんなことって何ね。あんたももういい歳やろうもん」

「タカダさんはともかく、わたしまだ二十五よ。結婚相手くらい自分で見つけるし。だいたい、就職でやっと実家を出てまだ二年とちょっとしか経たんのに、仕事辞めて地元に帰るなんてたまったもんじゃない。二度とこんなつまらないことで仕事中に電話かけてこんでよ、わかったね」

一方的に電話を切ったところで、女性店員と目が合った。顔が熱くなる。

「すみません。せっかくのご厚意をふいにするような内容で」

「お察ししますよ。この歳になると、自分は別に焦っていなくてもまわりが結婚を急かすようなことばかり。私も時々、うんざりします」

店員は肩をすくめる。わたしとは歳が近いようだ。二人のあいだにしばし、互いを憐れむような苦笑が漂った。

シャルルはまだ、わたしの足元にまとわりついていた。なつかれてしまったようだ。そのさまを見て、店員が和やかに言う。

「お客さん、猫がお好きでしょう。その子、わかるみたいなんです」

返事に詰まる。わたしには、猫が好きだなんて言う資格はないのだ。

たまらずわたしは、核心に迫る質問をした。

「この子……どういう経緯で、こちらのお店へ？」

「小学生の男の子から譲ってもらったんです」

それを聞いて、安堵《あんど》の息が洩《も》れた。なんだ、やっぱりあの仔猫ではなかった。そんな奇跡が起きるわけはないのだ——。

ところが続く店員の言葉が、わたしを奈落へと突き落とした。

「彼はその子を、河原で拾ったんだそうですよ」

そんなはずもないのに糾弾されている気がして、わたしは店員の顔を見られなかった。うつむくと、今度は猫と目が合った。見上げるその目。逸らせない——。

と、店員がだしぬけに明るい調子で言った。

「あら。噂をすれば影、ですね」

彼女の視線はわたしの肩越しにあった。振り返ると窓があり、その向こうに、いかにも伸び盛りらしい細身の少年が、傘を差して喫茶店へやってくるのが見えた。そう言えば、学校は夏休みという時期である。

「こんにちは！　ほらシャルル、おいで」

扉が開くと同時に、元気な声が響いた。すぐに猫が反応し、わたしのもとを離れて彼に駆け寄る。その動線を目で追ったからだろう、猫を抱き上げしなに彼は、こちらに顔を向けた。

この少年が、あの仔猫を拾った。心臓が脈を速める。

少年は束の間、口をきゅっと結んでわたしを見つめると、

「ミホシお姉ちゃん、ちょっと」

そう言ってカウンターの店員に近づき、耳打ちを始めた。すべてを聞き取ることはできなかったが、静かな店内に彼の言葉が、雨漏りのようにぽつりぽつりと響いた。

「あの女の人……シャルルを捨てた……オレ、見たんだ……」

凍りついたわたしのそばに、ミホシと呼ばれた店員がやってくる。肩にぽんと手を置かれた瞬間、わたしは立ち上がり、店員に向かって叫んでいた。

「違う！　わたしが捨てたんじゃない、わたしは――」

そこで口をつぐんだのは、店員が一度、深々とうなずいたからだ。そして、彼女が続けて放った一言に、わたしの意識は二年前のあの日へ飛んだのだ。

「もしかして、あの子を拾ってくれようとしたのではありませんか？」


――二年前の、あの日。

いまにも泣き出しそうな空の下、わたしは外回りの途中で、川沿いの遊歩道を歩いていた。

二百メートルほど先に、男性とおぼしき人影があった。距離が縮まるにつれ不審に感じたのは、彼が両腕に段ボール箱を抱えていたからだ。さらに歩みを進めつつ観察していると、彼は箱を河原に置き、その場を離れた。

嫌な予感がし、わたしは箱に近寄る。中には一匹の仔猫が入っていた。

「待ちなさい！」

気づくとわたしは箱を抱え、男性を追いかけていた。ところが男性は堤防の上に停めてあった車に乗り込み、さっさと走り去ってしまう。折からの雨に打たれ、わたしはどうすることもできずに、遠ざかる車をただ呆然と見送っていた。

正確なことはわからないが、仔猫は見た目から生後ひと月ほどであると思われた。

一応、世話はされていたらしく元気そうだ。最低限の餌と給水器も入っている。ひとまず橋桁の下へ移動し、わたしは箱を地面に置いて、考えた。

できることなら連れて帰りたい。けれどもいまは仕事中だし、だいいち社員寮はペット禁止だ。社の方針上、寮を出るという選択肢はなく、一時的に仔猫を引き取ったとしてもいずれは手放さなければならない。それを考えると、下手に成長しているよりは現在の、生まれたての仔猫であるほうが、誰かに飼ってもらえる可能性も高いのではないか。わたしは京都へ来てまだ日が浅く、里親を探すあてもない。他方、ここは川沿いの遊歩道。仔猫の体力が保たれているあいだにも、通りかかる人はたくさんいるに違いない――。

結局、わたしは猫を置き去りにすることに決めた。翌日もう一度様子を見に来て、まだいたらあらためて考えよう、と自分に言い訳をしながら。そうして数歩離れたところに、鳴き声が聞こえてわたしは振り返った。仔猫が箱から顔をのぞかせ、引き止めるようにわたしを見ていた――その目に耐えられず、わたしは駆け出してしまったのだ。

翌日、同じ場所に出向いてみるともう、仔猫の入った箱はなかった。

「……そうだったんだ。オレ、てっきりお姉さんがシャルルを捨てたのかと」

　わたしが話を終えると、少年は言った。彼はそのとき対岸にいて、箱を抱えて途方に暮れるわたしを目撃したらしい。それからわたしが箱を地面に置いて駆け出したので、追いかけてとがめることもできず、自分が仔猫の面倒を見ることにしたそうだ。

「優しい飼い主さんに拾われてよかったと、安堵すべきところだとは思います。ただ、あの日去り際に見た仔猫の目が、この二年間、わたしはどうしても忘れられなくて……それこそ、何度も繰り返し夢に見るほどに。だから今日も、後ろめたさばかりが募ってしまって」

　わたしはうなだれる。シャルルは店員に抱かれていた。

「でも、どうしてわかったんですか。彼は、わたしが仔猫を捨てたと証言したのに」

　訊ねると、店員は申し訳なさそうにした。

「先ほどのお電話の内容が、聞こえてしまったものですから」

　目の前で電話に出たのだから、それは当然だ。店員はさらに続ける。

「就職で実家を出て二年とちょっとだと。仮におととしの四月に就職されたのなら、この子が捨てられたころは京都に住んでまだ四ヶ月かそこらでしょう。その短期間で、生まれたての仔猫を捨てなければならないような状況に陥るとは少し考えにくい。加えて、独身でいらっしゃることですし、現在は集合住宅にお住まいだと思われます。ペット不可の物件であることは想像にかたくない。以上の点から、私は次のように推察したのです――仔猫を拾ってあげたいと思い、一度は箱を抱えさえしたものの、やはり飼うのをあきらめざるを得なかったのではないか、と」

結論から言えば、大筋で当たっている。それなりに説得力があるようにも思える。だが、二年にわたり自責の念を背負ってきただけに、わたしにはその解釈が、あまりにもお人よしすぎるように感じられて仕方がなかった。

「たったそれだけのことで、わたしが仔猫を捨てたのではないと信じたのですか」

皮肉と自嘲を忍ばせて、わたしは吐き捨てる。すると店員は突然、わたしの両腕にシャルルを預けた。そして、とまどうわたしに微笑を向けて言ったのだ。

「だって、仔猫を捨てるような人に、この子がなつくはずありませんから」

シャルルがわたしの首元に頭をすりつける。その目が再びこちらを見上げても、わたしは自分の意思で逸らさなかった。その線をなぞるように降り始めた雫を、毛が吸ったぶんだけ重みの増した猫を抱くとき、わたしはこの両腕の感触を生涯忘れまい、と心に誓った。

この物語はフィクションです。もし同一の名称があった場合も、実在する人物、団体等とは一切関係ありません。

〈出典〉
『白秋全歌集Ⅰ』北原白秋　岩波書店　一九九〇年
『檸檬』梶井基次郎　新潮文庫　一九六七年

〈参考文献〉
『ブラジルコーヒーの歴史』堀部洋生　星雲社　一九八五年
『アール・ブリュット・ジャポネ』アール・ブリュット・ジャポネ展カタログ編集委員会
現代企画室　二〇一一年

また「パリエッタの恋」の執筆にあたり、理学療法士および専門学校の記述について友人の徳永明希子氏、冨田友加里氏にご協力いただきました。この場を借りて御礼申し上げます。

〈初出〉
午後三時までの退屈な風景
『このミステリーがすごい！』大賞作家書き下ろしＢＯＯＫ　ｖｏｌ．２（二〇一三年九月）
パルヘッタの恋（文庫化に際し「パリェッタの恋」に改題）
『このミステリーがすごい！』大賞作家書き下ろしＢＯＯＫ　ｖｏｌ．３（二〇一三年十一月）
消えたプレゼント・ダーツ
『このミステリーがすごい！』大賞作家書き下ろしＢＯＯＫ　ｖｏｌ．４（二〇一四年二月）
可視化するアール・ブリュット
『このミステリーがすごい！』大賞作家書き下ろしＢＯＯＫ　ｖｏｌ．５（二〇一四年五月）
純喫茶タレーランの庭で
『このミステリーがすごい！』大賞作家書き下ろしＢＯＯＫ　ｖｏｌ．６（二〇一四年八月）
リリース／リリーフ　書き下ろし

宝島社
文庫

珈琲店タレーランの事件簿 4
ブレイクは五種類のフレーバーで

(こーひーてんたれーらんのじけんぼ 4　ぶれいくはごしゅるいのふれーばーで)

2015年2月19日　第1刷発行

著　者　岡崎琢磨
発行人　蓮見清一
発行所　株式会社 宝島社
〒102-8388　東京都千代田区一番町25番地
電話：営業 03(3234)4621／編集 03(3239)0599
http://tkj.jp
振替：00170-1-170829 (株)宝島社
印刷・製本　中央精版印刷株式会社

ISBN 978-4-8002-3552-7

『このミステリーがすごい!』大賞 シリーズ

ニャームズ

バリスタ大会で次々に起こる怪事件。美人バリスタの美星とアオヤマが事件の真相に挑む!

関西でのバリスタ大会に出場した珈琲店《タレーラン》の切間美星は、競技中に起きた異物混入事件に巻き込まれる。付き添いのアオヤマと犯人捜しに奔走するが、第二、第三の事件が……。美星の名推理が光る!

定価: 本体650円 +税

『このミステリーがすごい!』大賞は、宝島社の主催する文学賞です。(登録第4300532号)

好評発売中!

宝島社　お求めは書店、インターネットで。

宝島社　検索